中公文庫

昭和の名短篇

戦前篇

荒川洋治編

中央公論新社

目次

昭和の名短篇　収録作品

昭和の名短篇

戦前篇

玄鶴山房

芥川龍之介

■あくたがわ・りゅうのすけ　一八九二〜一九二七

東京生まれ。主な作品『羅生門』『地獄変』

初　出『中央公論』一九二七年一月〜二月号

初収録『大導寺信輔の半生』（岩波書店、一九三〇年）

底　本『芥川龍之介全集』第十四巻（岩波書店、一九九六年）

一

……それは小ぢんまりと出来上った、奥床しい門構えの家だった。尤《もっと》もこの界隈にはこう云う家も珍しくはなかった。が、「玄鶴山房《げんかくさんぼう》」の額や塀越しに見える庭木などはどの家よりも数奇《すき》を凝らしていた。

この家の主人、堀越玄鶴は画家としても多少は知られていた。しかし資産を作ったのはゴム印の特許を受けた為だった。或はゴム印の特許を受けてから地所の売買をした為だった。現に彼が持っていた郊外の或地面などは生姜さえ碌《ろく》に出来ないらしかった。けれども今はもう赤瓦の家や青瓦の家の立ち並んだ所謂《いわゆる》「文化村」に変っていた。………

しかし「玄鶴山房」は兎に角小ぢんまりと出来上った、奥床しい門構えの家だった。殊に近頃は見越しの松に雪よけの縄がかかったり、玄関の前に敷いた枯れ松葉に藪柑子《やぶこうじ》の実が赤らんだり、一層風流に見えるのだった。のみならずこの家のある横町も殆ど人通りと云うものはなかった。豆腐屋さえそこを通る時には荷を大通りへおろしたなり、喇叭《ラッパ》を吹いて通るだけだった。

「玄鶴山房――玄鶴と云うのは何だろう？」

たまたまこの家の前を通りかかった、髪の毛の長い画学生は細長い絵の具箱を小脇にしたまま、同じ金鈕《きんボタン》の制服を着たもう一人の画学生にこう言ったりした。

「何だかな、まさか厳格と云う洒落でもあるまい。」

彼等は二人とも笑いながら、気軽にこの家の前を通って行った。そのあとには唯凍《い》て切った道に彼等のどちらかが捨てて行った「ゴルデン・バット」の吸い殻が一本、かすかに青い一すじの煙を細ぼそと立てているばかりだった。……

二

重吉は玄鶴の婿になる前から或銀行へ勤めていた。従って家に帰って来るのはいつも電燈のともる頃だった。彼はこの数日以来、門の内へはいるが早いか、忽《たちま》ち妙な臭気を感じた。それは老人には珍しい肺結核の床に就いている玄鶴の息の匂だった。が、勿論家の外にはそんな匂の出る筈はなかった。冬の外套の腋の下に折鞄を抱えた重吉は玄関前の踏み石を歩きながら、こういう彼の神経を怪まない訣《わけ》には行かなかった。

玄鶴は「離れ」に床をとり、横になっていない時には夜着の山によりかかっていた。重吉は外套や帽子をとると、必ずこの「離れ」へ顔を出し、「唯今」とか「きょうは如何ですか」とか言葉をかけるのを常としていた。しかし「離れ」の框《かまち》の内へは滅多に足も入れたことはなかった。それは舅《しゅうと》の肺結核に感染するのを怖れる為でもあり、又一つには息の匂を不快に思う為でもあった。玄鶴は彼の顔を見る度にいつも唯「ああ」とか「お帰り」とか答えた。その声は又力の無い、声よりも息に近いものだった。重吉は舅にこう言われると、時々彼の不人情に後ろめたい思いもしない訣ではなかった。けれども「離れ」へはいることはどうも彼には無気味だった。

それから重吉は茶の間の隣りにやはり床に就いている姑《しゅうとめ》のお鳥を見舞うのだった。お鳥は玄鶴の寝こまない前から、――七八年前から腰抜けになり、便所へも通えない体になっていた。玄鶴が彼女を貰ったのは彼女が或大藩の家老の娘と云う外にも器量望みからだと云うことだった。彼女はそれだけに年をとっても、どこか目などは美しかった。しかしこれも床の上に坐り、丹念に白足袋などを繕っているのは余りミイラと変らなかった。重吉はやはり彼女にも「お母さん、きょうはどうですか？」と云う、手短な一語を残したまま、六畳の茶の間へはいるのだった。

妻のお鈴は茶の間にいなければ、信州生まれの女中のお松と狭い台所に働いていた。小綺麗に片づいた茶の間は勿論、文化竈《かまど》を据えた台所さえ舅や姑の居間よりも遥かに重吉には親しかった。彼は一時は知事などにもなった或政治家の次男だった。が、豪傑肌の父親よりも昔の女流歌人だった母親に近い秀才だった。それは又彼の人懐こい目や細っそりした顋《あご》にも明らかだった。重吉はこの茶の間へはいると、洋服を和服に着換えた上、楽々と長火鉢の前に坐り、安い葉巻を吹かしたり、今年やっと小学校にはいった一人息子の武夫にからかったりした。

重吉はいつもお鈴や武夫とチャブ台を囲んで食事をした。彼等の食事は賑かだった。が、近頃は「賑か」と云っても、どこか又窮屈にも違いなかった。それは唯玄鶴につき添う甲野と云う看護婦の来ている為だった。尤も武夫は「甲野さん」がいても、ふざけるのに少しも変らなかった。いや、或は「甲野さん」がいる為に余計ふざける位だった。お鈴は時々眉をひそめ、こう云う武夫を睨んだりした。しかし武夫はきょとんとしたまま、わざと大仰に茶碗の飯を掻きこんで見せたりするだけだった。重吉は小説などを読んでいるだけに武夫のはしゃぐのにも「男」を感じ、不快になることもないではなかった。が、大抵は微笑したぎり、黙って飯を食っているのだった。

「玄鶴山房」の夜は静かだった。朝早く家を出る武夫は勿論、重吉夫婦も大抵は十時には床に就くことにしていた。その後でもまだ起きているのは九時前後から夜伽をする看護婦の甲野ばかりだった。甲野は玄鶴の枕もとに赤あかと火の起った火鉢を抱え、居睡りもせずに坐っていた。玄鶴は、――玄鶴も時々は目を醒ましていた。が、湯たんぽが冷えたとか、湿布が乾いたとか云う以外に殆ど口を利いたことはなかった。こう云う「離れ」にも聞えて来るものは植え込みの竹の戦《そよ》ぎだけだった。甲野は薄ら寒い静かさの中にじっと玄鶴を見守ったまま、いろいろのことを考えていた。この一家の人々の心もちや彼女自身の行く末などを。………

三

或雪の晴れ上った午後、二十四五の女が一人、か細い男の子の手を引いたまま、引き窓越しに青空の見える堀越家の台所へ顔を出した。重吉は勿論家にいなかった。丁度ミシンをかけていたお鈴は多少予期はしていたものの、ちょっと当惑に近いものを感じた。しかし兎に角この客を迎えに長火鉢の前を立って行った。客は台所へ上った後、彼女自身の履き物や男の子の靴を揃え直した。（男の子は白いスウェエタアを着ていた。）彼女がひけ目を感じていることはこう云う所作だけにも明らかだった。が、それも無理はなかった。彼女はこの五六年以来、東京の或近在に玄鶴が公然と囲って置いた女中上りのお芳だった。

お鈴はお芳の顔を見た時、存外彼女が老《ふ》けたことを感じた。しかもそれは顔ばかりではなかった。お芳は四五年以前には円まると肥った手をしていた。が、年は彼女の手さえ静脈の見えるほど細らせていた。それから彼女が身につけたものも、――お鈴は彼女の安ものの指環に何か世帯じみた寂しさを感じた。

「これは兄が檀那様に差し上げてくれと申しましたから。」

お芳は愈《いよいよ》気後れのしたように古い新聞紙の包みを一つ、茶の間へ膝を入れる前にそっと台所の隅へ出した。折から洗いものをしていたお松はせっせと手を動かしながら、水々しい銀杏返しに結ったお芳を時々尻目に窺ったりしていた。が、この新聞紙の包みを見ると、更に悪意のある表情をした。それは又実際文化竈や華奢な皿小鉢と調和しない悪臭を放っているのに違いなかった。お芳はお松を見なかったものの、少くともお鈴の顔色に妙なけはいを感じたと見え、「これは、あの、大蒜《にんにく》でございます」と説明した。それから指を噛んでいた子供に「さあ、坊ちゃん、お時宜《じぎ》なさい」と声をかけた。男の子は勿論玄鶴がお芳に生ませた文太郎だった。その子供をお芳が「坊ちゃん」と呼ぶのはお鈴には如何にも気の毒だった。けれども彼女の常識はすぐにそれもこう云う女には仕かたがないことと思い返した。お鈴はさりげない顔をしたまま、茶の間の隅に坐った親子に有り合せの菓子や茶などをすすめ、玄鶴の容態を話したり、文太郎の機嫌をとったりし出した。……

玄鶴はお芳を囲い出した後、省線電車の乗り換えも苦にせず、一週間に一二度ずつは必ず妾宅へ通って行った。お鈴はこう云う父の気もちに始めのうちは嫌悪を感じていた。

「ちっとはお母さんの手前も考えれば善いのに」――そんなことも度たび考えたりした。尤もお鳥は何ごとも諦《あきら》め切っているらしかった。しかしお鈴はそれだけ一層母を気の毒に思い、父が妾宅へ出かけた後でも母には「きょうは詩の会ですって」などと白々しい譃《うそ》をついたりしていた。その譃が役に立たないことは彼女自身も知らないのではなかった。が、時々母の顔に冷笑に近い表情を見ると、譃をついたことを後悔する、――と云うよりも寧ろ彼女の心も汲み分けてくれない腰ぬけの母に何か情無さを感じ勝ちだった。

お鈴は父を送り出した後、一家のことを考える為にミシンの手をやめるのも度たびだった。玄鶴はお芳を囲い出さない前にも彼女には「立派なお父さん」ではなかった。しかし勿論そんなことは気の優しい彼女にはどちらでも善かった。唯彼女に気がかりだったのは父が書画骨董までもずんずん妾宅へ運ぶことだった。お鈴はお芳が女中だった時から、彼女を悪人と思ったことはなかった。いや、寧ろ人並みよりも内気な女と思っていた。が、東京の或場末に肴屋をしているお芳の兄は何をたくらんでいるかわからなかった。実際又彼は彼女の目には妙に悪賢い男らしかった。お鈴は時々重吉をつかまえ、彼女の心配を打ち明けたりした。けれども彼は取り合わなかった。「僕からお父さんに言う訣には行かない。」――お鈴は彼にこう言われて見ると、黙ってしまうより外はなかった。

「まさかお父さんも羅両峯《らりょうほう》の画がお芳にわかるとも思っていないんでしょうが。」

重吉も時たまお鳥にはそれとなしにこんなことも話したりしていた。が、お鳥は重吉を見上げ、いつも唯苦笑してこう言うのだった。

「あれがお父さんの性分なのさ。何しろお父さんはあたしにさえ『この硯はどうだ?』などと言う人なんだからね。」

しかしそんなことも今になって見れば、誰にも莫迦々々しい心配だった。玄鶴は今年の冬以来、どっと病の重った為に妾宅通いも出来なくなると、重吉が持ち出した手切れ話に(尤もその話の条件などは事実上彼よりもお鳥やお鈴が拵えたと言うのに近いものだった。)存外素直に承諾した。それは又お鈴が恐れていたお芳の兄も同じことだった。お芳は千円の手切れ金を貰い、上総の或海岸にある両親の家へ帰った上、月々文太郎の養育料として若干の金を送って貰う、——彼はこう云う条件に少しも異存を唱えなかった。のみならず妾宅に置いてあった玄鶴の秘蔵の煎茶道具なども催促されぬうちに運んで来た。お鈴は前に疑っていただけに一層彼に好意を感じた。

「就きましては妹のやつが若《も》しお手でも足りませんようなら、御看病に上りたいと申しておりますんですが。」

お鈴はこの頼みに応じる前に腰ぬけの母に相談した。それは彼女の失策と云っても差し支えないものに違いなかった。お鳥は彼女の相談を受けると、あしたにもお芳に文太郎をつれて来て貰うように勧め出した。お鈴は母の気もちの外にも一家の空気の擾《みだ》されるのを惧《おそ》れ、何度も母に考え直させようとした。（その癖又一面には父の玄鶴とお芳の兄との中間に立っている関係上、いつか素気なく先方の頼みを断れない気もちにも落ちこんでいた。）が、お鳥は彼女の言葉をどうしても素直には取り上げなかった。

「これがまだあたしの耳へはいらない前ならば格別だけれども――お芳の手前も羞《はずか》しいやね。」

お鈴はやむを得ずお芳の兄にお芳の来ることを承諾した。それも亦或は世間を知らない彼女の失策だったかも知れなかった。現に重吉は銀行から帰り、お鈴にこの話を聞いた時、女のように優しい眉の間にちょっと不快らしい表情を示した。「そりゃ人手が殖えることは難有《ありがた》いにも違いないがね。……お父さんにも一応話して見れば善いのに。お父さんから断るのならばお前にも責任のない訣なんだから。」――そんなことも口に出して言ったりした。お鈴はいつになく鬱《ふさ》ぎこんだまま、「そうだったわね」などと返事をしていた。しかし玄鶴に相談することは、――お芳に勿論未練のある瀕死の父に相談することは彼女には今になって見ても出来ない相談に違いなかった。

……お鈴はお芳親子の相手をしながら、こう云う曲折を思い出したりした。お芳は長火鉢に手もかざさず、途絶え勝ちに彼女の兄のことや文太郎のことを話していた。彼女の言葉は四五年前のように「それは」をS-ryaと発音する田舎訛りを改めなかった。お鈴はこの田舎訛りにいつか彼女の心もちも或気安さを持ち出したのを感じた。同時に又襖一重向うに咳一つしずにいる母のお鳥に何か漠然とした不安も感じた。

「じゃ一週間位はいてくれられるの？」

「はい、こちら様さえお差支えございませんければ。」

「でも着換え位なくっちゃいけなかないの？」

「それは兄が夜分にでも届けると申しておりましたから。」

お芳はこう答えながら、退屈らしい文太郎に懐のキャラメルを出してやったりした。

「じゃお父さんにそう言って来ましょう。お父さんもすっかり弱ってしまってね。障子の方へ向っている耳だけ霜焼けが出来たりしているのよ。」

お鈴は長火鉢の前を離れる前に何となしに鉄瓶をかけ直した。

「お母さん。」

お鳥は何か返事をした。それはやっと彼女の声に目を醒ましたらしい粘り声だった。

「お母さん。お芳さんが見えましたよ。」

お鈴はほっとした気もちになり、お芳の顔を見ないように早速長火鉢の前を立ち上った。それから次の間を通りしなにもう一度「お芳さんが」と声をかけた。お鳥は横になったまま、夜着の襟に口もとを埋めていた。が、彼女を見上げると、目だけに微笑に近いものを浮かべ、「おや、まあ、よく早く」と返事をした。お鈴ははっきりと彼女の背中にお芳の来ることを感じながら、雪のある庭に向った廊下をそわそわ「離れ」へ急いで行った。

「離れ」は明るい廊下から突然はいって来たお鈴の目には実際以上に薄暗かった。玄鶴は丁度起き直ったまま、甲野に新聞を読ませていた。が、お鈴の顔を見ると、いきなり「お芳か？」と声をかけた。それは妙に切迫した、詰問に近い嗄《しやが》れ声だった。お鈴は襖側に佇んだなり、反射的に「ええ」と返事をした。それから、――誰も口を利かなかった。

「すぐにここへよこしますから。」

「うん。………お芳一人かい？」

「いいえ。………」

玄鶴は黙って頷いていた。

「じゃ甲野さん、ちょっとこちらへ。」

お鈴は甲野よりも一足先に小走りに廊下を急いで行った。丁度雪の残った棕櫚《しゅろ》の葉の上には鶺鴒《せきれい》が一羽尾を振っていた。しかし彼女はそんなことよりも病人臭い「離れ」の中から何か気味の悪いものがついて来るように感じてならなかった。

四

お芳が泊りこむようになってから、一家の空気は目に見えて険悪になるばかりだった。それはまず武夫が文太郎をいじめることから始まっていた。文太郎は父の玄鶴よりも母のお芳に似た子供だった。しかも気の弱い所まで母のお芳に似た子供だった。お鈴も勿論こう云う子供に同情しない訣ではないらしかった。が時々は文太郎を意気地なしと思うこともあるらしかった。

看護婦の甲野は職業がら、冷やかにこのありふれた家庭的悲劇を眺めていた、――と云うよりも寧ろ享楽していた。彼女の過去は暗いものだった。彼女は病家の主人だの病院の医者だのとの関係上、何度一塊の青酸加里を嚥《の》もうとしたことだか知れなかった。この過去はいつか彼女の心に他人の苦痛を享楽する病的な興味を植えつけていた。彼女は堀越家へはいって来た時、腰ぬけのお鳥が便をする度に手を洗わないのを発見した。「この家のお嫁さんは気が利いている。あたしたちにも気づかないように水を持って行ってやるようだから。」――そんなことも一時は疑深い彼女の心に影を落した。が、四五日いるうちにそれは全然お嬢様育ちのお鈴の手落ちだったのを発見した。彼女はこの発見に何か満足に近いものを感じ、お鳥の便をする度に洗面器の水を運んでやった。

「甲野さん、あなたのおかげさまで人間並みに手が洗えます。」

お鳥は手を合せて涙をこぼした。甲野はお鳥の喜びには少しも心を動かさなかった。しかしそれ以来三度に一度は水を持って行かなければならぬお鈴を見ることは愉快だった。従ってこう云う彼女には子供たちの喧嘩も不快ではなかった。彼女は玄鶴にはお芳親子に同情のあるらしい素振りを示した。同時に又お鳥にはお芳親子に悪意のあるらしい素振りを示した。それはたとい徐《おもむ》ろにもせよ、確実に効果を与えるものだった。

お芳が泊ってから一週間ほどの後、武夫は又文太郎と喧嘩をした。喧嘩は唯豚の尻《しっ》尾《ぽ》は牛の尻っ尾よりも太いとか細いとか云うことから始まっていた。武夫は彼の勉強部屋の隅に、――玄関の隣の四畳半の隅にか細い文太郎を押しつけた上、さんざん打ったり蹴ったりした。そこへ丁度来合せたお芳は泣き声も出ない文太郎を抱き上げ、こう武夫をたしなめにかかった。

「坊ちゃん、弱いものいじめをなすってはいけません。」

それは内気な彼女には珍らしい棘《とげ》のある言葉だった。武夫はお芳の権幕に驚き、今度は彼自身泣きながら、お鈴のいる茶の間へ逃げこもった。するとお鈴もかっとしたと見え、手ミシンの仕事をやりかけたまま、お芳親子のいる所へ無理八理に武夫を引きずって行った。

「お前が一体我儘なんです。さあ、お芳さんにおあやまりなさい、ちゃんと手をついておあやまりなさい。」

お芳はこう云うお鈴の前に文太郎と一しょに涙を流し、平あやまりにあやまる外はなかった。その又仲裁役を勤めるものは必ず看護婦の甲野だった。甲野は顔を赤めたお鈴を一生懸命に押し戻しながら、いつももう一人の人間の、――じっとこの騒ぎを聞いている玄鶴の心もちを想像し、内心には冷笑を浮かべていた。が、勿論そんな素ぶりは決して顔色にも見せたことはなかった。

けれども一家を不安にしたものは必しも子供の喧嘩ばかりではなかった。お芳は又いつの間にか何ごともあきらめ切ったらしいお鳥の嫉妬を煽っていた。尤もお鳥はお芳自身には一度も怨みなどを言ったことはなかった。(これは又五六年前、お芳がまだ女中部屋に寝起きしていた頃も同じだった。)が、全然関係のない重吉に何かと当り勝ちだった。重吉は勿論とり合わなかった。お鈴はそれを気の毒に思い、時々母の代りに詫びたりした。しかし彼は苦笑したぎり、「お前までヒステリイになっては困る」と話を反らせるのを常としていた。

甲野はお鳥の嫉妬にもやはり興味を感じていた。お鳥の嫉妬それ自身は勿論、彼女が重吉に当る気もちも甲野にははっきりとわかっていた。のみならず彼女はいつの間にか彼女自身も重吉夫婦に嫉妬に近いものを感じていた。お鈴は彼女には「お嬢様」だった。重吉も――重吉は兎に角世間並みに出来上った男に違いなかった。が、彼女の軽蔑する一匹の雄にも違いなかった。こう云う彼等の幸福は彼女には殆ど不正だった。彼女はこの不正を矯《た》める為に（！）重吉に馴れ々々しい素振りを示した。それは或は重吉には何ともないものかも知れなかった。けれどもお鳥を苛立たせるには絶好の機会を与えるものだった。お鳥は膝頭も露わにしたまま、「重吉、お前はあたしの娘では――腰ぬけの娘では不足なのかい？」と毒々しい口をきいたりした。

しかしお鈴だけはその為に重吉を疑ったりはしないらしかった。いや、実際甲野にも気の毒に思っているらしかった。甲野はそこに不満を持ったばかりか、今更のように人の善いお鈴を軽蔑せずにはいられなかった。が、いつか重吉が彼女を避け出したのは愉快だった。のみならず彼女を避けているうちに反《かえっ》て彼女に男らしい好奇心を持ち出したのは愉快だった。彼は前には甲野がいる時でも、台所の側の風呂へはいる為に裸になることをかまわなかった。けれども近頃ではそんな姿を一度も甲野に見せないようになった。それは彼が羽根を抜いた雄鶏に近い彼の体を羞じている為に違いなかった。甲野はこう云う彼を見ながら、（彼の顔も亦雀斑《そばかす》だらけだった。）一体彼はお鈴以外の誰に惚れられるつもりだろうなどと私《ひそ》かに彼を嘲ったりしていた。

或霜曇りに曇った朝、甲野は彼女の部屋になった玄関の三畳に鏡を据え、いつも彼女が結びつけたオオル・バックに髪を結びかけていた。それは丁度愈お芳が田舎へ帰ろうと言う前日だった。お芳がこの家を去ることは重吉夫婦には嬉しいらしかった。が、反ってお鳥には一層苛立たしさを与えるらしかった。甲野は髪を結びながら、甲高《かんだか》いお鳥の声を聞き、いつか彼女の友だちが話した或女のことを思い出した。彼女はパリに住んでいるうちにだんだん烈しい懐郷病に落ちこみ、夫の友だちが帰朝するのを幸い、一しょに船へ乗りこむことにした。長い航海も彼女には存外苦痛ではないらしかった。しかし彼女は紀州沖へかかると、急になぜか興奮しはじめ、とうとう海へ身を投げてしまった。日本へ近づけば近づくほど、懐郷病も逆に昂《たか》ぶって来る、――甲野は静かに油っ手を拭き、腰ぬけのお鳥の嫉妬は勿論、彼女自身の嫉妬にもやはりこう云う神秘な力が働いていることを考えたりしていた。

「まあ、お母さん、どうしたんです？　こんな所まで這い出して来て。お母さんったら。――甲野さん、ちょっと来て下さい。」

お鈴の声は「離れ」に近い縁側から響いて来るらしかった。甲野はこの声を聞いた時、澄み渡った鏡に向ったまま、始めてにやりと冷笑を洩らした。それからさも驚いたように

「はい唯今」と返事をした。

五

玄鶴はだんだん衰弱して行った。彼の永年の病苦は勿論、彼の背中から腰へかけた床ずれの痛みも烈しかった。彼は時々唸り声を挙げ、僅かに苦しみを紛らせていた。しかし彼を悩ませたものは必しも肉体的苦痛ばかりではなかった。彼はお芳の泊っている間は多少の慰めを受けた代りにお鳥の嫉妬や子供たちの喧嘩にしっきりない苦しみを感じていた。けれどもそれはまだ善かった。玄鶴はお芳の去った後は恐しい孤独を感じた上、長い彼の一生と向い合わない訣には行かなかった。

玄鶴の一生はこう云う彼には如何にも浅ましい一生だった。成程ゴム印の特許を受けた当座は――花札や酒に日を暮らした当座は比較的彼の一生でも明るい時代には違いなかった。しかしそこにも儕輩《さいはい》の嫉妬や彼の利益を失うまいとする彼自身の焦燥の念は絶えず彼を苦しめていた。ましてお芳を囲い出した後は、――彼は家庭のいざこざの外にも彼等の知らない金の工面にいつも重荷を背負いつづけだった。しかも更に浅ましいことには年の若いお芳に惹かれていたものの、少くともこの一二年は何度内心にお芳親子を死んでしまえと思ったか知れなかった。

「浅ましい？——しかしそれも考えて見れば、格別わしだけに限ったことではない。」

彼は夜などはこう考え、彼の親戚や知人のことを一々細かに思い出したりした。彼の婿の父親は唯「憲政を擁護する為に」彼よりも腕の利かない敵を何人も社会的に殺していた。それから彼に一番親しい或年輩の骨董屋は先妻の娘に通じていた。それから或弁護士は供託金を費消していた。それから或篆刻家《てんこくか》は、——しかし彼等の犯した罪は不思議にも彼の苦しみには何の変化も与えなかった。のみならず逆に生そのものにも暗い影を拡げるばかりだった。

「何、この苦しみも長いことはない。お目出度くなってしまいさえすれば……」

これは玄鶴にも残っていたたった一つの慰めだった。彼は心身に食いこんで来るいろいろの苦しみを紛らす為に楽しい記憶を思い起そうとした。けれども彼の一生は前にも言ったように浅ましかった。若しそこに少しでも赫《かがや》かしい一面があるとすれば、それは唯何も知らない幼年時代の記憶だけだった。彼は度たび夢うつつの間に彼の両親の住んでいた信州の或山峡の村を、——殊に石を置いた板葺き屋根や蚕臭い桑ボヤを思い出した。が、その記憶もつづかなかった。彼は時々唸り声の間に観音経を唱えて見たり、昔のはやり歌をうたって見たりした。しかも「妙音観世音《みょうおんかんぜおん》、梵音海潮音《ぼんおんかいちょうおん》、勝彼世間音《しょうひせけんおん》」を唱えた後、

「かっぽれ、かっぽれ」をうたうことは滑稽にも彼には勿体ない気がした。

「寝るが極楽。寝るが極楽……」

玄鶴は何も彼も忘れる為に唯ぐっすり眠りたかった。実際又甲野は彼の為に催眠薬を与える外にもヘロインなどを注射していた。けれども彼には眠りさえいつも安らかには限らなかった。彼は時々夢の中にお芳や文太郎に出合ったりした。それは彼には、――夢の中の彼には明るい心もちのするものだった。（彼は或夜の夢の中にはまだ新しい花札の「桜の二十」と話していた。しかもその又「桜の二十」は四五年前のお芳の顔をしていた。）しかしそれだけに目の醒めた後は一層彼を見じめにした。玄鶴はいつか眠ることにも恐怖に近い不安を感ずるようになった。

大晦日もそろそろ近づいた或午後、玄鶴は仰向けに横たわったなり、枕もとの甲野へ声をかけた。

「甲野さん、わしはな、久しく褌《ふんどし》をしめたことがないから、晒し木綿を六尺買わせて下さい。」

晒し木綿を手に入れることはわざわざ近所の呉服屋へお松を買いにやるまでもなかった。

「しめるのはわしが自分でしめます。ここへ畳んで置いて行って下さい。」

玄鶴はこの褌を便りに、――この褌に縊《くび》れ死ぬことを便りにやっと短い半日を暮した。

しかし床の上に起き直ることさえ人手を借りなければならぬ彼には容易にその機会も得られなかった。のみならず死はいざとなって見ると、玄鶴にもやはり恐しかった。彼は薄暗い電燈の光に黄檗《おうばく》の一行ものを眺めたまま、未だに生を貪らずにはいられぬ彼自身を嘲ったりした。

「甲野さん、ちょっと起して下さい。」

それはもう夜の十時頃だった。

「わしはな、これからひと眠りします。あなたも御遠慮なくお休みなすって下さい。」

甲野は妙に玄鶴を見つめ、こう素っ気ない返事をした。

「いえ、わたくしは起きております。これがわたくしの勤めでございますから。」

玄鶴は彼の計画も甲野の為に看破られたのを感じた。が、ちょっと頷いたぎり、何も言わずに狸寝入りをした。甲野は彼の枕もとに婦人雑誌の新年号をひろげ、何か読み耽けっているらしかった。玄鶴はやはり蒲団の側の褌のことを考えながら、薄目《うすめ》に甲野を見守っていた。すると――急に可笑しさを感じた。

「甲野さん。」

甲野も玄鶴の顔を見た時はさすがにぎょっとしたらしかった。玄鶴は夜着によりかかったまま、いつかとめどなしに笑っていた。

「なんでございます？」

「いや、何でもない。何にも可笑しいことはありません。――」

玄鶴はまだ笑いながら、細い右手を振って見せたりした。

「今度は……なぜかこう可笑しゅうなってな。……今度はどうか横にして下さい。」

一時間ばかりたった後、玄鶴はいつか眠っていた。その晩は夢も恐しかった。彼は樹木の茂った中に立ち、腰の高い障子の隙から茶室めいた部屋を覗いていた。そこには又まる裸の子供が一人、こちらへ顔を向けて横になっていた。それは子供とは云うものの、老人のように皺くちゃだった。玄鶴は声を挙げようとし、寝汗だらけになって目を醒ました。

…………

「離れ」には誰も来ていなかった。のみならずまだ薄暗かった。まだ？――しかし玄鶴は置き時計を見、彼是《かれこれ》正午に近いことを知った。彼の心は一瞬間、ほっとしただけに明るかった。けれども又いつものように忽ち陰鬱になって行った。彼は仰向けになったまま、彼自身の呼吸を数えていた。それは丁度何ものかに「今だぞ」とせかれている気もちだった。玄鶴はそっと褌を引き寄せ、彼の頭に巻きつけると、両手にぐっと引っぱるようにした。

そこへ丁度顔を出したのはまるまると着膨れた武夫だった。

「やあ、お爺さんがあんなことをしていらあ。」

武夫はこう囃《はや》しながら、一散に茶の間へ走って行った。

六

一週間ばかりたった後、玄鶴は家族たちに囲まれたまま、肺結核の為に絶命した。彼の告別式は盛大（！）だった。（唯、腰ぬけのお鳥だけはその式にも出る訣に行かなかった。）彼の家に集まった人々は重吉夫婦に悔みを述べた上、白い綸子《りんず》に蔽《おお》われた彼の柩の前に焼香した。が、門を出る時には大抵彼のことを忘れていた。尤も彼の故朋輩《ほうばい》だけは例外だったのに違いなかった。「あの爺さんも本望だったろう。若い妾も持っていれば、小金もためていたんだから。」──彼等は誰も同じようにこんなことばかり話し合っていた。

彼の柩をのせた葬用馬車は一輛の馬車を従えたまま、日の光も落ちない師走の町を或火葬場へ走って行った。薄汚い後の馬車に乗っているのは重吉や彼の従弟だった。彼の従弟《いとこ》の大学生は馬車の動揺を気にしながら、重吉と余り話もせずに小型の本に読み耽っていた。それは Liebknecht の「追憶録」の英訳本だった。が、重吉は通夜疲れの為にうとうと居睡りをしていなければ、窓の外の新開町を眺め、「この辺もすっかり変ったな」などと気のない独り語を洩らしていた。

二輛の馬車は霜どけの道をやっと火葬場へ辿り着いた。しかし予め電話をかけて打ち合せて置いたのにも関らず、一等の竈は満員になり、二等だけ残っていると云うことだった。それは彼等にはどちらでも善かった。が、重吉は舅よりも寧ろお鈴の思惑を考え、半月形の窓越しに熱心に事務員と交渉した。「実は手遅れになった病人だしするから、せめて火葬にする時だけは一等にしたいと思うんですがね。」――そんな嘘もついて見たりした。それは彼の予期したよりも効果の多い嘘らしかった。

「ではこうしましょう。一等はもう満員ですから、特別に一等の料金で特等で焼いて上げることにしましょう。」

重吉は幾分か間の悪さを感じ、何度も事務員に礼を言った。事務員は真鍮の眼鏡をかけた好人物らしい老人だった。

「いえ、何、お礼には及びません。」

彼等は竈に封印した後、薄汚い馬車に乗って火葬場の門を出ようとした。すると意外にもお芳が一人、煉瓦塀の前に佇んだまま、彼等の馬車に目礼していた。重吉はちょっと狼狽し、彼の帽を上げようとした。しかし彼等を乗せた馬車はその時にはもう傾きながら、ポプラアの枯れた道を走っていた。

「あれですね？」

「うん、………俺たちの来た時もあすこにいたかしら。」

「さあ、乞食ばかりいたように思いますがね。……あの女はこの先どうするでしょう？」

重吉は一本の敷島に火をつけ、出来るだけ冷淡に返事をした。

「さあ、どう云うことになるか。……」

彼の従弟は黙っていた。が、彼の想像は上総の或海岸の漁師町を描いていた。それからその漁師町に住まなければならぬお芳親子も。——彼は急に険しい顔をし、いつかさしはじめた日の光の中にもう一度リイプクネヒトを読みはじめた。

橇

黒島伝治

■くろしま・でんじ　一八九八～一九四三
香川県生まれ。主な作品『二銭銅貨』『渦巻ける烏の群』
初　出　『文藝戦線』一九二七年九月号
初収録　『橇』（改造社、一九二八年）
底　本　『黒島傳治全集』第一巻（筑摩書房、一九七〇年）

一

鼻が凍《い》てつくような寒い風が吹きぬけて行った。

村は、すっかり雪に蔽《おお》われていた。街路樹も、丘も、家も。そこは、白く、まぶしく光る雪ばかりであった。

丘の中ほどのある農家の前に、一台の橇《そり》が乗り捨てられていた。客間と食堂とを兼ねている部屋からは、いかにも下手でぞんざいな日本人のロシア語がもれて来た。

「寒いね、……お前さん、這入《はい》ってらっしゃい。」

入口の扉が開《あ》いて、踵《かがと》の低い靴をはいた主婦が顔を出した。

駆者は橇の中で腰まで乾草に埋め、頸をすくめていた。若い、小柄な男だった。頬と鼻の先が霜で赭《あか》くなっていた。

「有がとう。」

「ほんとに這入ってらっしゃい。」

「有がとう。」

けれども、若い馭者は、乾草をなお身体のまわりに集めかけて、なるだけ風が衣服を吹き通さないようにするばかりで橇からは立上ろうとはしなかった。

目かくしをされた馬は、鼻から蒸気を吐き出しながら、おとなしく、御用商人が出てくるのを待っていた。

蒸気は鼻から出ると、すぐそこで凍てついて、霜になった。そして馬の顔の毛や、革具や、目かくしに白砂糖を振りまいたようにまぶれついた。

二

親爺のペーターは、御用商人の話に容易に応じようとはしなかった。

御用商人は頬から顎にかけて、一面に髯を持っていた。そして、自分では高く止っているような四角ばった声を出した。彼は婦人に向っても、それから、そう使ってはならない時にでも、常に「お前《テイ》」とロシア人を呼びすてにした。彼は、耳ばかりで、曲りなりにロシア語を覚えたのであった。

「戦争だよ、多分。」

父親と商人との話を聞いていたイワンが、弟の方に向いて云った。

「いいや！」商人の眼は捷《すばや》くかがやいた。「糧秣《りょうまつ》や被服を運ぶんだ。」

「糧秣や被服を運ぶのに、なぜそんなに沢山橇がいるんかね。」

　イワンが云った。

「それゃいるとも。――兵たいはみんな一人一人服も着るし、飯も食うしさ……。」

　商人は、ペーターが持っている二台の橇を聯隊の用に使おうとしているのであった。金はいくらでも出す、そう彼は持ちかけた。

　ペーターは、日本軍に好意を持っていなかった。のみならず、憎悪と反感とを抱いていた。彼は、日本人のために理由なしに家宅捜索をせられたことがあった。また、金は払うと云いつつ、当然のように、仔をはらんでいる豚を徴発して行かれたことがあった。畑は荒された。いつ自分達の傍で戦争をして、流れだまがとんで来るかしれなかった。彼は用事もないのに、わざわざシベリアへやって来た日本人を呪っていた。

　商人は、聯隊からの命令で、百姓の家へ用たしに行くたびに、彼等が抱いている日本人への反感を、些細な行為の上にも見てとった。ある者は露骨にそれを現わした。しかし、それは極く少数だった。たいていは、反感らしい反感を口に表わさず、別の理由で金を出してもこちらの要求に応じようとはしなかった。蹄鉄の釘がゆるんでいるとか、馬が風邪を引いているとか。けれども、相手の心根を読んで掛引をすることばかりを考えている商人は、すぐ、その胸の中を見ぬいた。そしてそれに応じるような段取りで話をすすめた。

彼は戦争をすることなどは全然秘密にしていた。

十五分ばかりして、彼は、二人の息子を馭者にして、ペーターが、二台の橇を聯隊へやることを承諾さした。

「よし、それじゃ、すぐ支度をして聯隊へ行ってくれ。」彼は云った。

「一寸《ちょっと》。」とイワンが云った。「金をさきに貰いてえんだ。」

そして、イワンは父親の顔を見た。

「何？」

行きかけていた商人は振りかえった。

「金がほしいんだ」

「金か……」商人は、わざと笑った。「なあ、ペーター・ヤコレウイッチ、二人の若いのをのせてやりゃ、金はらくらくと儲るじゃないか。」

イワンは、口の中で、何かぶつぶつ呟きながら、防寒靴をはき、破れ汚れた毛皮の外套をつけた。

「戦争かもしれんて」彼は小声に云った。「打ちあいでもやりだせや、俺《お》れゃ勝手に逃げだしてやるんだ。」

戸外では若い馭者が凍《こご》えていた。商人は、戸外へ出ると、

「さあ、次へやってくれ！」と元気よく云った。

橇は、快く、雪の上を軽く辷《すべ》って、稍《やや》傾斜している道を下った。

商人は、次の農家で、橇と馬の有無をたしかめ、それから玄関を奥へ這入って行った。そこでも、金はいくらでも出す、そう彼は持ちかけた。そこが纏《まとま》ると、又次へ橇を馳せた。

日本人への反感と、彼の腕と金とが行くさきざきで闘争をした。そして彼の腕と金はいつも相手をまるめこんだ。

三

橇は中隊の前へ乗りつけられた。馬が嘶《いなな》きあい、背でリンリン鈴が鳴った。

各中隊は出動準備に忙殺されていた。しかし、大隊の炊事場では、準備にかえろうともせず、四五人の兵卒が、自分の思うままのことを話しあっていた。そこには豚の脂肪や、キャベツや、焦げたパン、腐敗した漬物の臭いなどが、まざり合って、充満していた。そこで働いている炊事当番の皮膚の中へまでも、それ等の臭いはしみこんでいるようだった。

「豚だって、鶏だってさ、徴発して来るのは俺達じゃないか。それでハムやベーコンは誰れが食うと思う。みんな将校が占領するんだ。——俺達はその悪い役目さ。」

吉原は暖炉のそばでほざいていた。

飼主が——それはシベリア土着の百姓だった——徴発されて行く家畜を見て、胸をかき切らぬばかりに苦るしむ有様を、彼はしばしば目撃していた。彼は百姓に育って、牛や豚を飼った経験があった。生れたばかりの仔どもの時分から飼いつけた家畜がどんなに可愛いものであるか、それは、飼った経験のある者でなければ分らないことだった。

「ロシア人をいじめて、泣いたり、おがんだりするのに、無理やり引っこさげて来るんだからね、——悪いこったよ、掠奪だよ。」

彼は嗄《か》れてはいるが、よくひびく、量の多い声を持っていた。彼の喋《しゃべ》ることは、窓硝子が振える位いよく通った。

彼は、もと大隊長の従卒をしていたことがあった。そこで、将校が食う飯と、兵卒のそれとが、人間の種類が異っている程、違っているのを見てきているのであった。

晩に、どこかへ大隊長が出かけて行く、すると彼は、靴を磨き、軍服に刷毛《はけ》をかけ、防寒具を揃えて、なおその上、僅か三厘ほどのびている髯をあたってやらなければならなかった。髯をあたれば、顔を洗う湯も汲んでこなければならない。……

少佐殿はめかして出て行く。

ところが、おそく、——一時すぎに——帰ってきて、棒切れを折って投げつけるように不機嫌なことがあるのだ。吉原には訳が分らなかった。多分ふられたのだろう。すると、あくる日も不機嫌なのだ。そして兵卒は、叱りつけられ、つい、要領が悪いと鞭うたれるのだ。

彼は考えたものだ。上官にそういう特権があるものか！　彼は真面目に、ペコペコ頭を下げ、靴を磨くことが、阿呆らしくなった。

少佐がどうして彼を従卒にしたか、それは、彼がスタイルのいい、好男子であったからであった。そのおかげで彼は打たれたことはなかった。しかし、彼は、なべて男が美しい女を好くように、上官が男前だけで従卒をきめ、何か玩弄物のように扱うのに反感を抱かずにはいられなかった。玩弄物になってたまるもんか！

「豚だって、鶏だってさ、徴発にやられるのは俺達じゃないか、おとすんだって、料理をするんだってさ……。それでうまいところはみんなえらい人にとられてしまうんだ。」彼は繰かえした。「俺達の役目はいったい何というんだ！」

「おい、そんなこた喋らずに帰ろうぜ。文句を云うたって仕様がないや。」安部が云った。

「もうみんな武装しよるんだ。」

安部は暗い陰鬱な顔をしていた。さきに中隊へ帰って準備をしよう。——彼はそうしたい心でいっぱいだった。しかし、ほかの者を放っておいて、一人だけ帰って行くのが悪いような気がして、立去りかねていた。

「また殺し合いか、――いやだね。」

傍で、木村は、小声に相手の浅田にささやいていた。二人は向いあって、腰掛に馬乗《うまのり》に腰かけていた。木村は、軽い元気のない咳をした。

「ロシアの兵隊は戦争する意志がないということだがな。」

浅田が云った。

「そうかね、それは好もしい。」

「しかし、戦争をするのは、兵卒の意志じゃないからな。」

「軍司令官はどこまでも戦争をするつもりなんだろうか。」

「内地からそれを望んできとるということだよ。」

「いやだな。――わざわざ人を寒いところへよこして殺し合いをさせるなんて！」

木村は、ときどき話をきらして咳をした。痰がのどにたまってきて、それを喀《は》き出さなければ、声が出ないことがあった。

彼は、シベリヤへ来るまで胸が悪くはなかった。肺尖の呼吸音は澄んで、一つの雑音も聞えたことはなかった。それが、雪の中で冬を過し、夏、道路に棄てられた馬糞が乾燥してほこりになり、空中にとびまわる、それを呼吸しているうちに、いつのまにか、肉が落ち、咳が出るようになってしまった。気候が悪いのだ。その間、一年半ばかりのうちに彼は、ロシア人を殺し、ついにはまた自分も殺された幾人かの同年兵を目撃していた。彼自身も人を殺したことがあった。唇を曲げて泣き出しそうな顔をしている蒼白い青年だった。赭いひげが僅かばかり生えかけていた。自分の前に倒れているその男を見ると、別に憎くもなければ、恨《うらみ》を持っているのでもないことが、始めて自覚された。それが不思議なことのように思われた。そして、こういうことは、自分の意志に反して、何者かに促されてやっているのだ。――ひそかに、そう感じたものだ。

嗄れた、そこらあたりにひびき渡るような声で喋っていた吉原が、木村の方に向いて、「君はいい口実があるよ。――病気だと云って診断を受けろよ。そうすりゃ、今日、行かなくてもすむじゃないか。」

「血でも喀くようにならなけりゃみてくれないよ。」

「そんなことがあるか！――熱で身体がだるくって働けないって云やいいじゃないか。」

「なまけているんだって、軍医に怒られるだけだよ。」木村は咳をした。「軍医は、患者を癒すんじゃなくて、シベリアまで俺等を怒《おこ》りに来とるようなもんだ。」

吉原は眼を据えてやりきれないというような顔をした。

「おい、もう帰ろうぜ。」

安部が云った。

中隊の兵舎から、準備に緊張したあわただしい叫びや、叱咤《しった》する声がひびいて来た。

「おい、もう帰ろうぜ。」安部が繰かえした。「どうせ行かなきゃならんのだ。」

空気が動いた。そして脂肪や、焦げパンや、腐った漬物の悪臭が、また新しく皆の鼻孔を刺戟した。

「二度診断を受けたことがあるんだが。」そう云って木村は咳をした。「二度とも一週間の練兵休で、すぐまた、勤務につかせられたよ。」

「十分念を入れてみて貰うたらどうだ。」

「どんなにみて貰うたってだめだよ。」

そしてまた咳をした。

「おい。みんな何をしているんだ！」入口から特務曹長がどなった。「命令が出とるんが分らんのか！　早く帰って準備をせんか！」

「さ、ブウがやって来やがった。」

四

数十台の橇が兵士をのせて雪の曠野をはせていた。鈴は馬の背から取りはずされていた。雪は深かった。そして曠野は広くはてしがなかった。

滑桁《すべりけた》のきしみと、凍った雪を蹴る蹄《ひづめ》の音がそこにひびくばかりであった。それも、曠野の沈黙に吸われるようにすぐどこかへ消えてしまった。

ペーターの息子、イワン・ペトロウイッチが手綱を取っている橇に、大隊長と副官とが乗っていた。鞭が風を切って馬の尻に鳴った。馬は、滑らないように下面に釘が突出している氷上蹄鉄で、凍った雪を蹴って進んだ。

大隊長は、ポケットに這入っている俸給について胸算用をしていた。——それはつい、昨日受け取ったばかりなのであった。

イワンは、さきに急行している中隊に追いつくために、手綱をしゃくり、鞭を振りつづけた。橇は雪の上に二筋の平行した滑桁のあとを残しつつ風のように進んだ。イワンのあとに他の二台がつづいていた。それにも将校が乗っている。土地が凹んだところへ行くと、橇はコトンと落ちこんだ。そしてすぐ馬によって平地へ引き上げられた。一つが落ちこむと、あとのも、つづいて、コトンコトンと落ちては引き上げられた。滑桁の金具がキシキシ鳴った。

「ルー、ルルル。……」

イワンは、うしろの馭者に何か合図をした。

大隊長は、肥《ふと》り肉《じし》の身体に血液がありあまっている男であった。ハムとベーコンを食って作った血だ。

「ええと、三百円のうち……」彼は、受取ったすぐ、その晩――つまり昨夜、旧ツアー大佐の娘に、毎月内地へ仕送る額と殆ど同じだけやってしまったことを後悔していた。今日戦争に出ると分っていりゃ、やるのではなかった。あれだけあれば、妻と老母と、二人の子供が、一カ月ゆうに暮して行けるのだ！――しかし、彼は大佐の娘の美しさと、なまめかしさに、うっとりして、今ポケットに残してある札も、あとから再び取り出して、おおかたやってしまおうとしていたことは思い出さなかった。

「近松少佐！」

大隊長は胸算用をつづけた。彼にはうしろからの呼声が耳に入らなかった。ほんとに馬鹿なことをしたものだ。もうポケットにはどれだけが程も残っていやしない！

「近松少佐！」

「大隊長殿、中佐殿がおよびです。」

副官が云った。

耳のさきで風が鳴っていた。イワン・ペトロウイッチは速力をゆるめた。彼の口ひげから眉にまで、白砂糖のような霜がまぶれついていた。

「近松少佐！　あの左手の山の麓に群がって居るのは何かね。」

「……？」

大隊長にはだしぬけで何も見えなかった。

「左手の山の麓に群がってるのは敵じゃないかね。」

「は。」

副官は双眼鏡を出してみた。

「……敵ですよ。大隊長殿。……なんてこった、敵前でぼんやり腹を見せて縦隊行進をするなんて！」絶望せぬばかりに副官が云った。

「中隊を止めて、方向転換をやらせましょうか。」

しかし、その瞬間、パッと煙が上った。そして程近いところから発射の音がひびいた。

「お――い、お――い」

患者が看護人を呼ぶように、力のない、救を求めるような、如何にも上官から呼びかける呼び声らしくない声で、近松少佐は、さきに行っている中隊に叫びかけた。

中隊の方でも、こちらと殆んど同時に、左手のロシア人に気づいたらしかった。大隊長が前に向って叫びかけた時、兵士達は、橇から雪の上にとびおりていた。

五

一時間ばかり戦闘がつづいた。

「日本人って奴は、まるで狂犬みたいだ。――手あたり次第にかみつかなくちゃおかないんだ。」ペーチャが云った。

「まだポンポン打ちよるぞ！」

ロシア人は、戦争をする意志を失っていた。彼等は銃をさげて、危険のない方へ逃げていた。

弾丸がシュッ、シュッ！　と彼等が行くさきへ執念くつきまとって流れて来た。

「くたびれた。」

「休戦を申込む方法はないか。」

「そんなことをしてみろ、そのすきに皆殺しになるばかりだ！」

「逃げろ！　逃げろ！」

フョードル・リープスキーという爺さんは、二人の子供をつれて逃げていた。兄は十二だった。弟は九ツだった。弟は疲れて、防寒靴を雪に喰い取られないばかりに足を引きずっていた。親子は次第におくれた。

「パパ、おなかがすいた。……パン。」

「どうして、こんな小さいのを雪の中へつれて来るんだ。」あとから追いこして行く者がたずねた。

「誰あれも面倒を見てくれる者がないんだ。」

リープスキーは、悲しそうに顔を曲げた。

「家内は？」

「五年も前になくなったよ。家内の弟があったんだが、それも去年なくなった。――食うものがないのがいけないんだ！」

彼は袋の底をさぐって、黒パンを一と切れ息子に出してやった。

弟は、小さい手袋に這入った自由のきかない手で、それを受取ろうとした。と、その時、リープスキーは、何か呻いて、パンを持ったまま雪の上に倒れてしまった。

「パパ」

「やられたんだ！」

傍を逃げて行く者が云った。

「パパ」

十二歳の兄は、がっしりした、百姓上りらしい父親の頸を持って起き上らそうとした。

「パパ」

また弾丸がとんできた。

弟にあたった。血が白い雪の上にあふれた。

六

間もなく、父子が倒れているところへ日本の兵隊がやって来た。

「どこまで追っかけろって云うんだ。」

「腹がへった。」

「おい、休もうじゃないか。」

彼等も戦争にはあきていた。勝ったところで自分達には何にもならないことだ。それに戦争は、体力と精神力とを急行列車のように消耗させる。

胸が悪い木村は、咳をし、息を切らしながら、銃を引きずってあとからついて来た。

表面だけ固っている雪が、人の重みでくずれ、靴がずしずしめりこんだ。足をかわすたびに、雪に靴を取られそうだった。

「あ――あ、くたびれた。」

木村は血のまじった痰を咯いた。

「君はもう引っかえしたらどうだ。」

「くたびれて動けないくらいだ。」

「橇で引っかえせよ。」吉原が云った。

「そうする方がいい。――病人まで人殺しに使うって法があるか！」

傍から二三の声が同時に云った。

「おや、これは、俺が殺したんかもしれないぞ。」浅田は倒れているリープスキーを見て胸をぎょっとさせた。「さっき俺《お》れゃ、二ツ三ツ引金《ひきがね》を引いたんだ。」

父子は、一間ほど離れて雪の上に、同じ方向に頭をむけて横たわっていた。爺さんの手のさきには、小さい黒パンがそれを食おうとしているところをやられたもののようにころがっていた。

息子は、左の腕を雪の中に突きこんで、小さい身体をうつむけに横たえていた。周囲の雪は血に染り、小さい靴は破れていた。その様子が、いかにも可憐だった。雪に接している白い小さい唇が、彼等に何事かを叫びかけそうだった。

「殺し合いって、無情なもんだなあ！」

彼等は、ぐっと胸を突かれるような気がした。

「おい、俺《お》れゃ、今やっと分った。」と吉原が云った。「戦争をやっとるのは俺等だよ。」

「俺等に無理にやらせる奴があるんだ。」

誰かが云った。

「でも戦争をやっとる人は俺等だ。俺等がやめりゃ、やまるんだ。」

流れがせかれたように、兵士達はリープスキーの周囲に止ってしまった。皆な疲れてぐったりしていた。どうしたんだ、どうしたんだ、と云う者があった。ある者は雪の上に腰をおろして休んだ。ある者は、銃口から煙が出ている銃を投げ出して、雪を摑んで食った。のどが乾いているのだ。

「いつまでやったって切りがない。」

「腹がへった。」

「いいかげんで引き上げないかな。」

「俺等がやめなきゃ、いつまでたったってやまるもんか。奴等は、勲章を貰うために、どこまでも俺等をこき使って殺してしまうんだ！　おい、やめよう、やめよう。引き上げよう！」

吉原は喧嘩をするように激していた。

彼等は、戦争には、あきてしまっていた。早く兵営へ帰って、暖い部屋で休みたかった。――いや、それよりも、内地へ帰って窮屈な軍服をぬぎ捨ててしまいたかった。

彼等は、内地にいる、兵隊に取られることを免れた人間が、暖い寝床でのびのびとねていることを思った。その傍には美しい妻が、――内地に残っている同年の男は、美しくって気に入った女を、さきに選び取る特権を持っているのだ。そこには、酒があり、滋養に富んだ御馳走がある。雪を慰みに、雪見の酒をのんでいるのだ。それだのに、彼等はシベリアで何等恨もないロシア人と殺し合いをしなければならないのだ！

「進まんか！　敵前でなにをしているのだ！」

中隊長が軍刀をひっさげてやって来た。

七

遠足に疲れた生徒が、泉のほとりに群がって休息しているように、兵士が、全くだれてしまった態度で、雪の上に群がっていた。何か口論をしていた。

「おい、あっちへやれ。」

大隊長はイワン・ペトロウイッチに云った。「あの人がたまになっとる方だ。」

馬は、雪の上を追いまわされて疲れ、これ以上鞭をあてるのが、イワンには、自分の身を叩くように痛く感じられた。彼は兵卒をのせていればよかったと思った。兵卒は、戦闘が始ると悉《ことごと》く橇からおりて、雪の上を自分の脚で歩いているのだ。指揮者だけがいつまでも橇を棄てなかった。御用商人は、彼をだましたのだ。ロシア人を殺すために、彼等の橇を使っているのだ。橇がなかったらどうすることも出来やしないのに！

踏みかためられ、凍てついた道から外れると、馬の細長い脚は深く雪の中へ没した。そして脚を抜く時に蹴る雪が、イワンの顔に散りかかって来た。そういう走りにくいところへ落ちこめば落ちこむほど、馬の疲労は増大してきた。

橇が、兵士の群がっている方へ近づき、もうあと一町ばかりになった時、急に兵卒が立って、ばらばらに前進しだした。でも、なお、あと、五六人だけは、雪の上に坐ったまま動こうとはしなかった。将校がその五六人に向って何か云っていた。するとそのうちの、色の浅黒い男振りのいい捷《はし》っこそうな一人が立って、激した調子で云いかえした。それは吉原だった。将校が云いこめられているようだった。そして、兵卒の方が将校を殴りつけそうなけはいを示していた。そこには咳をして血を咯いている男も坐っていた。

「どうしたんだ、どうしたんだ？」

大隊長は、手近をころげそうにして歩いている中尉にきいた。

「兵卒が、自分等が指揮者のように、自分から戦争をやめると云っとるんであります。だいぶほかの者を煽動したらしいんであります。」中尉は防寒帽をかむりなおしながら答えた。「どうもシベリアへ来ると兵タイまでが過激化して困ります。」

「何中隊の兵タイだ。」

「×中隊であります。」

眼鼻の線の見さかいがつくようになると、大隊長は、それが自分の従卒だった吉原であることをたしかめた。彼は、自分に口返事ばかりして、拍車を錆びさしたりしたことを思い出して、むっとした。

「不軍紀な！　何て不軍紀な！」

彼は腹立たしげに怒鳴った。それが、急に調子の変った激しい声だったので、イワンは自分に何か云われたのかと思って、はっとした。

彼が、大佐の娘に熱中しているのを探り出して、云いふらしたのも吉原だった。

「不軍紀な、何て不軍紀な！　徹底的に犠牲にあげなきゃいかん！」

そして彼は、イワンに橇を止めさせると、すぐとびおりて、中隊長と云い合っている吉原の方へ雪に長靴をずりこませながら、大またに近づいて行った。

中隊長は少佐が来たのに感づいて、にわかに威厳を見せ、吉原の頬をなぐりつけた。

イワンは、橇が軽くなると、誰れにも乗って貰いたくないと思った。彼は手綱を引いて馬を廻し、戦線から後方へ引き下った。兵タイをのせていた橇は、三露里も後方に下って、それからなお向うへ走り去ろうとしていた。

彼は、疲れない程度に馬を進めながら、暫《しば》らくして、兵卒と将校とが云い合っていた方を振りかえった。

でっぷり太った大隊長が浅黒い男の傍に立っていた。大隊長は怒って唇をふくらましていた。そこから十間ほど距《へだた》って、背後に、一人の将校が膝をついて、銃を射撃の姿勢にかまえ兵卒をねらっていた。それはこちらからこそ見えるが、兵卒には見えないだろう。不意打を喰わすのだ。イワンは人の悪いことをやっていると思った。

大隊長が三四歩あとずさって、合図に手をあげた。

将校の銃のさきから、パッと煙が出た。すると、色の浅黒い男は、丸太を倒すようにパタリと雪の上に倒れた。それと同時に、豆をはぜらすような音がイワンの耳にはいって来た。

再び、将校の銃先《つっさき》から、煙が出た。今度は弱々しそうな頬骨の尖っている、血痰を咯いている男が倒れた。

それまでおとなしく立っていた、物事に敏感な顔つきをしている兵卒が、突然、何か叫びながら、帽子をぬぎ棄てて前の方へ馳せだした。その男もたしか将校と云いあっていた一人だった。

イワンは、恐ろしく、肌が慄えるのを感じた。そして、馬の方へ向き直り、鞭をあてて早くその近くから逃げ去ってしまおうとした。馳せだした男が——その男は色が白かった——どうなるか、彼は、それを振りかえって見るに堪えなかった。彼はつづけて馬に鞭をあてた。

どうして、あんなに易々と人間を殺し得るのだろう！　どうして、あの男が殺されなければならないのだろう！　そんなにまでしてロシア人と戦争をしなければならないのか！

彼は、一方では、色白の男がどうなったか、それが気にかかっていた。——やられたか、どうなったか……。でも殺される場景を目撃するのはたまらなかった。

暫らく馳せて、イワンは、もうどっちにか片がついただろうと思いながら、振りかえった。さきの男は、なお雪の上を馳せていた。雪は深かった。膝頭《ひざがしら》まで脚がずりこんでいた。

それを無理やりに、両手であがきながら、足をかわしていた。

その男は、悲鳴をあげ、罵った。

イワンは、それ以上見ていられなかった。やりきれないことだ。だが無情に殺してしまうだろう。彼は馬の方へむき直った。と、その時、後方で、豆がはぜるような発射の音がした。しかし、彼は、あとへ振りかえらなかった。それに堪えなかったのだ。

「日本人って奴は、まるで狂犬だ。馬鹿な奴だ！」

八

馭者達は、兵士がおりると、ゆるゆる後方へ引っかえした。皆な商人にだまされたことを腹立てていた。ロシア人を殺させるために、日本人を運んできてやったのだ。そして彼等はロシア人だ！

「人をぺてんにかけやがった！　畜生！」

彼等は、暫らく行くと、急に速力を早めた。そして最大の速力で、銃弾の射程距離外に出てしまった。

そこで、つるすことを禁じられていた鈴をポケットから出して馬につけ、のんきに、快く橇を駆った。

今までポケットで休んでいた鈴は、さわやかに、馬の背でリンリン鳴った。

馬は、鼻から蒸気を吐いた。そして、はてしない雪の曠野を、遠くへ走り去った。

殺し合いをしている兵士の群は、後方の地平線上に、次第に小さく、小さくうごめいていた。そして、ついには蟻のようになり、とうとう眼界から消えてしまった。

九

雪の曠野は、大洋のようにはてしがなかった。

山が雪に包まれて遠くに存在している。しかし、行っても行っても、その山は同じ大きさで、同じ位置に据っていた。少しも近くはならないように見えた。人家もなかった。番人小屋もなかった。嘴《くちばし》の白い鳥もとんでいなかった。

そこを、コンパスとスクリューを失った難破船のように、大隊がふらついていた。

兵士達は、銃殺を恐れて自分の意見を引っこめてしまった。近松少佐は思うままにすべての部下を威嚇した。兵卒は無い力まで搾《しぼ》って遮二無二《しゃにむに》にロシア人をめがけて突撃した。

──ロシア人を殺しに行くか、自分が×××るか、その二つしか彼等には道はないのだ！

けれども、そのため、彼等の疲労は、一層はげしくなったばかりだった。

大隊長は、兵卒を橇にして乗る訳には行かなかった。彼は橇が逃げてしまったのを部下の不注意のせいに帰して、そこらあたりに居る者をどなりつけたり、軍刀で雪を叩いたりした。彼の長靴は雪に取られそうになった。吉原に錆びさせられて腹立てた拍車は、今は、歩く妨げになるばかりだった。

食うものはなくなった。水筒の水は凍《こご》ってしまった。

銃も、靴も、そして身体も重かった。兵士は、雪の上を倒れそうになりながら、あてもなく、ふらふら歩いた。彼等は自分の死を自覚した。恐らく橇を持って助けに来る者はないだろう。

どうして、彼等は雪の上で死ななければならないか。どうして、ロシア人を殺しにこんな雪の曠野にまで乗り出して来なければならなかったか？　ロシア人を撃退したところで自分達には何等の利益もありはしないのだ。

彼等は、たまらなく憂鬱になった。彼等をシベリアへよこした者は、彼等がこういう風に雪の上で死ぬことを知りつつ見す見すよこしたのだ。炬たつに、ぬくぬくと寝そべって、いい雪だなあ、と云っているだろう。彼等が死んだことを聞いたところで、「あ、そうか。」と云うだけだ。そして、それっきりだ。

彼等は、とぼとぼ雪の上をふらついた。……でも、彼等は、まだ意識を失ってはいなかった。怒りも、憎悪も、反抗心も。

彼等の銃剣は、知らず知らず、彼等をシベリアへよこした者の手先になって、彼等を無謀に酷使した近松少佐の胸に向って、奔放に惨酷に集中して行った。

雪の曠野は、大洋のようにはてしなかった。山が雪に包まれて遠くに存在している。しかし、行っても行っても、その山は同じ大さで、同じ位置に据っていた。少しも近くはならないように見えた。人家もなかった。番人小屋もなかった。嘴の白い鳥もとんでいなかった。

そこを、空腹と、過労と、疲憊《ひはい》の極に達した彼等が、あてもなくふらついていた。靴は重く、寒気は腹の芯にまでしみ通って来た。……

闇の絵巻

梶井基次郎

■かじい・もとじろう　一九〇一～三二
大阪府生まれ。主な作品『檸檬』『城のある町にて』
初　出　『詩・現實』第二冊、一九三〇年九月
初収録　『檸檬』（武蔵野書院、一九三一年）
底　本　『梶井基次郎全集』第一巻（筑摩書房、一九九九年）

最近東京を騒がした有名な強盗が捕まって語ったところによると、彼は何も見えない闇の中でも、一本の棒さえあれば何里でも走ることが出来るという。その棒を身体の前へ突き出し突き出しして、畑でもなんでも盲滅法に走るのだそうである。

私はこの記事を新聞で読んだとき、そぞろに爽快な戦慄を禁じることが出来なかった。

闇！　そのなかではわれわれは何を見ることも出来ない、より深い暗黒が、いつも絶えない波動で刻々と周囲に迫って来る。こんななかでは思考することさえ出来ない。何が在るかわからないところへ、どうして踏込んでゆくことが出来よう。勿論われわれは摺足《すりあし》でもして進むほかはないだろう。しかしそれは苦渋や不安や恐怖の感情で一ぱいになった一歩だ。その一歩を敢然《かんぜん》と踏み出すためには、われわれは悪魔を呼ばなければならないだろう。裸足《はだし》で薊《あざみ》を踏んづける！　その絶望への情熱がなくてはならないのである。

闇のなかでは、しかし、若《も》しわれわれがそうした意志を捨ててしまうなら、なんという深い安堵がわれわれを包んでくれるだろう。この感情を思い浮べるためには、われわれが都会で経験する停電を思い出して見ればいい。停電して部屋が真暗になってしまうと、われわれは最初なんともいえない不快な気持になる。しかし一寸《ちょっと》気を変えて呑気でいてやれと思うと同時に、その暗闇は電燈の下では味わうことの出来ない爽かな安息に変化してしまう。

深い闇のなかで味わうこの安息は一体なにを意味しているのだろう。今は誰れの眼からも隠れてしまった――今は巨大な闇と一如《いちにょ》になってしまった――それがこの感情なのだろうか。

私はながい間ある山間の療養地に暮していた。私は其処で闇を愛することを覚えた。昼間は金毛の兎が遊んでいるように見える谿向《たにむこ》うの枯萱山《かれかややま》が、夜になると黒ぐろとした畏怖に変った。昼間気のつかなかった樹木が異形な姿を空に現わした。夜の外出には提灯を持ってゆかなければならない。――月夜というものは提灯の要らない夜ということを意味するのだ。――こうした発見は都会から不意に山間へ行ったものの闇を知る第一階梯である。

私は好んで闇のなかへ出かけた。渓《たに》ぎわの大きな椎《しい》の木の下に立って遠い街道の孤独な電燈を眺めた。深い闇のなかから遠い小さな光を眺めるほど感傷的なものはないだろう。私はその光がはるばるやって来て闇のなかの私の着物をほのかに染めているのを知った。またあるところでは渓の闇へ向って一心に石を投げた。闇のなかには一本の柚の木があったのである。石が葉を分けて戞々《かつかつ》と崖へ当った。ひとしきりすると闇のなかからは芳烈な柚の匂が立騰《たちのぼ》って来た。

こうしたことは療養地の身を嚙むような孤独と切離せるものではない。あるときは岬の港町へゆく自動車に乗って、わざと薄暮の峠へ私自身を遺棄された。深い渓谷が闇のなかへ沈むのを見た。夜が更《ふ》けて来るにしたがって黒い山々の尾根が古い地球の骨のように見えて来た。彼等は私のいるのも知らないで話し出した。

「おい。何時《いつ》まで俺達はこんなことをしていなきゃならないんだ」

私はその療養地の一本の闇の街道を今も新しい印象で思い出す。それは渓の下流にあった一軒の旅館から上流の私の旅館まで帰って来る道であった。渓に沿って道は少し上りになっている。三四町もあったであろうか。その間には極く稀にしか電燈がついていなかった。今でもその数が数えられるように思う位だ。最初の電燈は旅館から街道へ出たところにあった。夏はそれに虫がたくさん集って来ていた。一匹の青蛙がいつもそこにいた。電燈の真下の電柱にいつもぴたりと身をつけているのである。暫《しば》らく見ていると、その青蛙はきまったように後足を変な風に曲げて、背中を搔《か》く模《ま》ねをした。電燈から落ちて来る小虫がひっつくのかもしれない。いかにも五月蠅《うるさ》そうにそれをやるのである。私はよくそれを眺めて立留っていた。いつも夜更けでいかにも静かな眺めであった。

しばらく行くと橋がある。その上に立って渓の上流の方を眺めると、黒ぐろとした山が空の正面に立塞《たちふさ》がっていた。その中腹に一箇の電燈がついていて、その光がなんとなしに恐怖を呼び起した。バアーンとシンバルを叩いたような感じである。私はその橋を渡るたびに私の眼がいつもなんとなくそれを見るのを避けたがるのを感じていた。

下流の方を眺めると、渓が瀬をなして轟々と激していた。瀬の色は闇のなかでも白い。それはまた尻《し》っ尾《ぽ》のように細くなって下流の闇のなかへ消えてゆくのである。渓の岸には杉林のなかに炭焼小屋があって、白い煙が切り立った山の闇を匍《は》い登っていた。その煙は時として街道の上へ重苦しく流れて来た。だから街道は日によってはその樹脂《やに》臭い匂いや、また日によっては馬力の通った昼間の匂いを残していたりするのだった。

橋を渡ると道は渓に沿ってのぼってゆく。左は渓の崖。右は山の崖。行手に白い電燈がついている。それはある旅館の裏門で、それまでの真直ぐな道である。この闇のなかでは何も考えない。それは行手の白い電燈と道のほんの僅かの勾配のためである。これは肉体に課せられた仕事を意味している。目ざす白い電燈のところまでゆきつくと、いつも私は息切れがして往来の上で立留った。呼吸困難。これはじっとしていなければいけないのである。用事もないのに夜更けの道に立ってぼんやり畑を眺めているような風をしている。しばらくするとまた歩き出す。

街道はそこから右へ曲っている。渓沿いに大きな椎の木がある。その木の闇は至って巨大だ。その下に立って見上げると、深い大きな洞窟のように見える。梟《ふくろう》の声がその奥にしていることがある。道の傍らには小さな字《あざ》があって、そこから射して来る光が、道の上に押し被さった竹藪を白く光らせている。竹というものは樹木のなかで最も光に感じ易い。山のなかの所どころに簇《むら》れ立っている竹藪。彼等は闇のなかでもそのありかをほの白く光らせる。

そこを過ぎると道は切り立った崖を曲って、突如ひろびろとした展望のなかへ出る。眼界というものがこうも人の心を変えてしまうものだろうか。そこへ来ると私はいつも今が今まで私の心を占めていた煮え切らない考えを振るい落してしまったように感じるのだ。私の心には新しい決意が生れて来る。秘やかな情熱が静かに私を満たして来る。

この闇の風景は単純な力強い構成を持っている。左手には渓の向うを夜空を劃《き》って爬虫の背のような尾根が蜿蜒《えんえん》と匍っている。黒ぐろとした杉林がパノラマのように廻って私の行手を深い闇で包んでしまっている。その前景のなかへ、右手からも杉山が傾きかかる。この山に沿って街道がゆく。行手は如何ともすることの出来ない闇である。この闇へ達するまでの距離は百米《メートル》余りもあろうか。その途中にたった一軒だけ人家があって、楓《かえで》のような木が幻燈のように光を浴びている。大きな闇の風景のなかでただそこだけがこんもり明るい。街道もその前では少し明るくなっている。しかし前方の闇はそのためになお一層暗くなり街道を呑込んでしまう。

ある夜のこと、私は私の前を私と同じように提灯なしで歩いてゆく一人の男があるのに気がついた。それは突然その家の前の明るみのなかへ姿を現わしたのだった。男は明るみを背にしてだんだん闇のなかへはいって行ってしまった。私はそれを一種異様な感動を持って眺めていた。それは、あらわに云って見れば、「自分も暫らくすればあの男のように闇のなかへ消えてゆくのだ。誰れかがここに立って見ていればやはりあんな風に消えてゆくのであろう」という感動なのであったが、消えてゆく男の姿はそんなにも感情的であった。

その家の前を過ぎると、道は渓に沿った杉林にさしかかる。右手は切り立った崖である。それが闇のなかである。なんという暗い道だろう。そこは月夜でも暗い。歩くにしたがって暗さが増してゆく。不安が高まって来る。それがある極点にまで達しようとするとき、突如ごおっという音が足下から起る。それは杉林の切れ目だ。恰度《ちょうど》真下に当る瀬の音がにわかにその切れ目から押寄せて来るのだ。その音は凄まじい。気持にはある混乱が起って来る。大工とか左官とかそういった連中が渓のなかで不可思議な酒盛をしていて、その高笑いがワッハッハ、ワッハッハときこえて来るような気のすることがある。心が捩《ね》じ切れそうになる。するとその途端、道の行手にパッと一箇の電燈が見える。闇はそこで終ったのだ。

もうそこからは私の部屋は近い。電燈の見えるところが崖の曲角で、そこを曲れば直ぐ私の旅館だ。電燈を見ながらゆく道は心易い。私は最後の安堵とともにその道を歩いてゆく。しかし霧の夜がある。霧にかすんでしまって電燈が遠くに見える。行っても行ってもそこまで行きつけないような不思議な気持になるのだ。いつもの安堵が消えてしまう。遠い遠い気持になる。

闇の風景はいつ見ても変らない。私はこの道を何度ということなく歩いた。いつも同じ空想を繰返した。印象が心に刻みつけられてしまった。街道の闇、闇よりも濃い樹木の闇の姿はいまも私の眼に残っている。それを思い浮べるたびに私は、今いる都会のどこへ行っても電燈の光の流れている夜を薄っ汚なく思わないではいられないのである。

風琴と魚の町

林芙美子

■はやし・ふみこ　一九〇三～五一
福岡県生まれ（諸説あり）。主な作品『放浪記』『晩菊』
初　出　『改造』一九三一年四月号
初収録　『彼女の履歴』（改造社、一九三一年）
底　本　『林芙美子全集』第二巻（文泉堂出版、一九七七年）

一

父は風琴《ふうきん》を鳴らすことが上手であった。

音楽に対する私の記憶は、この父の風琴から始まる。

私達は長い間、汽車に揺られて退屈していた、母は、私がバナナを食《は》んでいる傍で経文を誦しながら、泪《なみだ》していた。「貴方《あなた》に身を託したばかりに、私は此様《このよう》に苦労しなければならない」と、或いはそう話しかけていたのかも知れない。父は、白い風呂敷包みの中の風琴を、時々尻で押しながら、粉ばかりになった刻み煙草を吸っていた。

私達は、此様な一家を挙げての遠い旅は一再ならずあった。

父は目蓋《まぶた》をとじて母へ何か優し気に語っていた。「今に見いよ」とでも云っているのであろう。

蜒々《えんえん》とした汀を汽車は這《は》っている。動かない海と、屹立した雲の景色は十四歳の私の眼に壁のように照り輝いて写った。その春の海を囲んで、沢山、日の丸の旗をかかげた町があった。目蓋をとじていた父は、朱《あか》い日の丸の旗を見ると、せわしく立ちあがって汽車の窓から首を出した。

「此町は、祭でもあるらしい、降りてみんかやのう」

母も経文を合財袋にしまいながら、立ちあがった。

「ほんとに、綺麗な町じゃ、まだ陽が高いけに、降りて弁当の代でも稼ぎまっせ」

で、私達三人は、各々《おのおの》の荷物を肩に背負って、日の丸の旗のヒラヒラした海辺の町へ降りた。

駅の前には、白く芽立った大きな柳の木があった。柳の木の向うに、煤《すす》で汚れた旅館が二三軒並んでいた。町の上には大きい綿雲が飛んで、看板に魚の絵が多かった。

浜通りを歩いていると、或る一軒の魚の看板の出た家から、ヒュッ、ヒュッ、と口笛が流れて来た。父はその口笛を聞くと、背負った風琴を思い出したのであろうか、風呂敷包みから風琴を出して肩にかけた。父の風琴は、おそろしく古風で、大きくて、肩に掛けられるべく、皮のベルトがついていた。

「まだ鳴らしなさるな」

母は、新しい町であったので、恥しかったのであろう、一寸《ちょっと》父の腕をつかんだ。

口笛の流れて来る家の前まで来ると、鱗《うろこ》まびれになった若い男達が、ヒュッ、ヒュッ、と口笛に合せて魚の骨を叩いていた。

看板の魚は、青笹《あおざさ》の葉を鰓《あぎと》にはさんだ鯛《たい》であった。私達は、しばらく、その男達が面白い身ぶりでかまぼこをこさえている手つきに見とれていた。

「あにさん！　日の丸の旗が出ちょるが、何事ばしあるとな」

骨を叩く手を止めて、眼玉の赤い男がものうげに振り向いて口を開けた。

「市長さんが来たんじゃ」

「ホウ！　たまげたさわぎだな」

私達はまた歩調をあわせて歩きだした。

浜には小さい船着場が沢山あった。河のようにぬめぬめした海の向うには、柔かい島があった。島の上には白い花を飛ばしたような木が沢山見えた。その木の下を牛のようなものがのろのろ歩いていた。

二

ひどく爽やかな風景である。

私は、蓮根の穴の中に辛子をうんと詰めて揚げた天麩羅を一つ買った。そうして私は、母とその島を見ながら、一つの天麩羅を分けあって食べた。

「はようもどんなはいよ、売れな、売れんでもええとじゃけに……」

母は仄《ほの》かな侘しさを感じたのか、私の手を強く握りながら私を引っぱって波止場の方へ歩いて行った。

肋骨《ろっこつ》のように、胸に黄色い筋のついた憲兵の服を着た父が、風琴を鳴らしながら「オイチニイ、オイチニイ」と坂になった町の方へ上って行った。母は父の鳴らす風琴の音を聞くとうつむいてシュンと鼻をかんだ。私は呆《ぼ》んやり油のついた掌《てのひら》を嘗《な》めていた。

母は衿《えり》にかけていた手拭を小指の先きに巻いて、私の鼻の穴につっこんだ。

「どら、鼻をこっちい、やってみい」

母の、手拭を巻いた小指の先きが、椎茸のように黒くなった。

「ほら、こぎゃん、黒うなっとるが」

町の上には小学校があった。小麦臭い風が流れていた。

「こりゃ、まあ、景色のよかとこじゃ」

手拭でハタハタと髷《まげ》の上の薄い埃を払いながら、眼を細めて、母は海を見た。

私は蓮根の天麩羅を食うてしまって、雁木《がんぎ》の上の露店で、プチプチ章魚《たこ》の足を揚げている、揚物屋の婆さんの手元を見ていた。

「いやしかのう、この子は……腹がばりさけても知らんぞ」

「章魚の足が食いたかなア」

「何云いなはると！　お父さんやおッ母さんが、こぎゃん貧乏しよるとが判らんとな！」

遠いところで、父の風琴が風に吹かれている。

「汽車へ乗ったら、又よかもの食わしてやるけに……」

「いんにゃ、章魚が食いたか！」

「さっち、そぎゃん、困らせよっとか？」

母は房のついた縞《しま》の財布を出して私の鼻の上で振って見せた。

「ほら、これでも得心のいかぬか！」

薄い母の掌に、緑の粉を吹いた大きい弐銭《にせん》銅貨が二三枚こぼれた。

「白か銭は無かろうが？　白かとがないと、章魚の足は買えんとぞ」

「あかか銭じゃ買えんとな？」

「この子は！　さっち、あげんこツウ、お父さんや、おッ母さんが食えんでも、めんめが腹ばい肥やしたかなア」

「食いたかもの、仕様がなかじゃなっか！」

母はピシッと私のビンタを打った。学校帰りの子供達が、渡し船を待っていた。私が殴られるのを見ると、子供達はドッと笑った。鼻血が咽《のど》へ流れて来た。私は青い海の照り返りを見ながら、塩《しょ》っぱい涙を啜《すす》った。

「どこさか行ってしまいたい」

「どこさか行く云うてしまっても、お前がとのような意地っぱりは、人が相手にせんと……」

「相手にせんちゃよか！　遠いとこさ、一人で行ってしまいたか」

「お前は、めんめさえよければ、ええとじゃけに、バナナも食うつろが、蓮根も食いよって、富限者の子供でも、そげんな食わんぞな！」

「富限者の子供は、いつも甘美《うま》かもの食いよっとじゃもの、あぎゃん腐ったバナナば、恩にきせよる……」

「この子は、嫁様にもなる年頃で、食うこツばかり云いよる」

「ぴんたば殴るけん、ほら、鼻血が出つろうが……」

母は合財袋の中からセルロイドの櫛《くし》を出して、私の髪をなでつけた。私の房々した髪は櫛の歯があたるたびに、パラパラ音をたてて空へ舞い上った。

「わんわんして、火がつきゃ燃えつきそうな頭じゃ」

櫛の歯をハーモニカのように口にこすって、唾をつけると、母は私の額の上の捲毛《まきげ》をなでつけて云った。

「お父さんが商売があってみい、何でも買《こ》うてやるがの……」

三

私は背中の荷物を降ろしてもらった。

紫の風呂敷包みの中には、絵本や、水彩絵具や、運針縫いがはいっていた。

「風琴ばかり鳴らしよるが、商いがあったとじゃろか、行って見い！」

私は桟橋を駆け上って、坂になった町の方へ行った。

町が狭隘《せま》いせいか、犬まで大きく見える。町の屋根の上には、天幕がゆれていて、桜の簪《かんざし》を差した娘達がゾロゾロ歩いていた。

「ええ――御当地へ参りましたのは初めてでござりますが、当商会はビンツケをもって蟇《がま》の膏薬《こうやく》かなんぞのようなまやかしものはお売り致しませぬ。ええ――おそれおおくも、××宮様お買い上げの光栄を有しますところの、当商会の薬品は、そこにもある、ここにもあると云う風なものとは違いまして……」

蟻《あり》のような人だかりの中に、父の声が非常に汗ばんで聞えた。

漁師の女が胎毒下しを買った。桜の簪を差した娘が貝殻へはいった目薬を買った。荷揚げの男が打ち身の膏薬を買った。ピカピカ手ずれのした黒い鞄の中から、まるで手品のように、色んな変った薬を出して、父は、輪をつくった群集の眼の前を近々と見せびらかして歩いた。

風琴は材木の上に転がっている。

子供達は、不思議な風琴の鍵《キイ》をいじくっていた。ヴウ！　ヴウ！　此様に、時々風琴は、突拍子な音を立てて肩をゆする。すると、子供達は豆のように弾《はじ》けて笑った。私は占領された風琴の音を聞くと、たまらなくなって、群集の足をかきわけた。

「ええ——子宮、血の道には、このオイチニイの薬程効くものはござりませぬ」

私は材木の上に群れた子供達を押しのけると、風琴を引き寄せて肩に掛けた。

「何しよっと！　わしがとじゃけに……」

子供達は、断髪にしている私の男の子のような姿を見ると、

「散剪《ざんぎ》り、散剪り、男おなごやアい！」と囃《はや》したてた。

父は古ぼけた軍人帽子を、ちょいとなおして、振りかえって私を見た。

「邪魔しよっとじゃなか！　早よウおッ母さんのところへ、いんじょれ！」

父の眼が悲しげであった。

子供達は、又蠅《はえ》のように風琴のそばに群れて白い鍵《キイ》を押した。私は材木の上を縄渡りのようにタッタッと走ると、どこかの町で見た曲芸の娘のような手振りで腰を揉んだ。

「帯がとけとるどウ」

竹馬を肩にかついだ男の子が私を指差した。

私はほどけた帯を腹の上で結ぶと、裾を股にはさんで、キュッと後にまわして見せた。

「ほんま？」

男の子は笑っていた。

白壁の並んだ肥料倉庫の広場には針のように光った干魚が山のように盛り上げてあった。その広場を囲んで、露店のうどん屋が鳥のように並んで、仲仕達が立ったまま、つるつるとうどんを啜っていた。

露店の硝子《ガラス》箱には、煎餅や、天麩羅がうまそうであった。私は硝子箱に凭《もた》れて、煎餅と天麩羅をじっと覗いた。硝子箱の肌には霧がかかっていた。

「どこの子なア、そこへ凭れちゃいけんがのう！」

乳房を出した女が赤ん坊の鼻汁を啜りながら私を叱った。

四

山の朱い寺の塔に灯がとぼった。島の背中から鰯雲《いわしぐも》が湧いて、私は唄《うた》をうたいながら、波止場の方へ歩いた。

栈橋には灯がついたのか、長い竿の先きに籠をつけた物売りが、白い汽船の船腹をかこんで声高く叫んでいた。

母は待合所の方を見上げながら、栈橋の荷物の上に凭れていた。

「何ばしよったと、お父さん見て来たとか？」

「うん、見て来た！　山のごツ売れよった」

「ほんまな？」

「ほんま！」

私の腰に、また紫の包みをくりつけてくれながら、母の眼は嬉し気であった。

「ぬくうなった、風がぬるぬるしよる」

「小便《こよう》がしたか」

「かまうこたなか、そこへせいよ」

栈橋の下には沢山藻や塵芥《じんかい》が浮いていた。その藻や塵芥の下を潜って影のような魚がヒラヒラ動いている。帰って来た船が鳩のように胸をふくらませた。その船の吃水線《きっすいせん》に潮が盛り上ると、空には薄い月が出た。

「馬の小便《こよう》のごつある」

「ほんでも、長いこと、きばっとったとじゃもの」

私は、あんまり長い小便にあいそをつかしながら、うんと力んで自分の股間を覗いてみた。白いプクプクした小山の向うに、空と船が逆さに写っていた。私は首筋が痛くなる程身を曲《かが》めた。白い小山の向うから霧を散らした尿《いばり》が、キラキラ光って桟橋をぬらしている。

「何しよるとじゃろ、墜《お》ちたら知らんぞ、ほら、お父さんが戻って来よるが」

「ほんまか？」

「ほんまよ」

股間を心地よく海風が吹いた。

「くたびれなはったろう？」

母がこう叫ぶと、父は手拭で頭をふきながち、雁木の上の方から、私達を呼んだ。

「うどんでも食わんか？」

私は母の両手を握って振った。

「嬉しか！　お父さん、山のごつ売ったとじゃろなア……」

私達三人は、露店のバンコに腰をかけて、うどんを食べた。私の丼の中には三角の油揚が這入《はい》っていた。

「どうしてお父さんのも、おッ母さんのも、狐《きつね》がはいっとらんと？」

「やかましいか！　子供は黙って食うがまし……」

私は一片の油揚を父の丼の中へ投げ入れてニヤッと笑った。父は甘美そうにそれを食った。

「珍しかとじゃろな、二三日泊って見たらどうかな」

「初め、癈兵《はいへい》じゃろう云いよったが、風琴を鳴らして、ハイカラじゃ云う者もあった」

「ほうな、勇ましか曲をひとつふたつ、聴かしてやるとよかったに……」

私は、残ったうどんの汁に、湯をゆらゆらついで長いこと乳のように吸った。

町には輪のように灯がついた。市場が近いのか、頭の上に平たい桶を乗せた魚売りの女達が、「ばんより！　ばんよりはいりゃんせんか」と呼び売りしながら通って行く。

「こりゃ、まあ、面白かところじゃ、汽車で見たりゃ、寺がおそろしく多かったが、漁師も多かもん、薬も売れようたい」

「ほんに、おかしか」

父は、白い銭を沢山数えて母に渡した。

「のう……章魚の足が食いたかア」

「また、あげんこツ！　お父さんな、怒んなさって、風琴ば海さ捨てる云いなはるばい」

「又、何、ぐずっちょるとか！」

父は、豆手帳の背中から鉛筆を抜いて、薬箱の中と照し合せていた。

五

夜になると、夜桜を見る人で山の上は群った蛾のように賑わった。私達は、駅に近い線路ぎわのはたごに落ちついて、汗ばんだまま腹這っていた。

「こりゃもう、働きどうの多い町らしいぞ、桜を見ようとてお前、どこの町であぎゃん賑おうとったか？」

「狂人どうが、何が桜かの、たまげたものじゃ」

別に気も浮かぬと云った風に、風呂敷包みをときながら、母はフンと鼻で笑った。

「ほう、お前も立って、ここへ来てみいや、綺麗かぞ」

煤けた低い障子を開けて、父は汚れたメリヤスのパッチをぬぎながら、私を呼んだ。

「寿司ば食いとうなるけに、見とうはなか……」

私は立とうともしなかった。母はクックッと笑っていた。腫物《はれもの》のようにぶわぶわした畳の上に腹這って、母から読本を出して貰うと、私は大きい声を張りあげて、「ほごしょく」の一部を朗読し始めた。母は、私が大きい声で、すらすらと本を読む事が、自慢でもあるのであろう。「ふん、そうかや」と、度々優しく返事をした。

「百姓は馬鹿だな、尺取虫に土瓶を引っかけるてかい？」

「尺取虫が木の枝のごつあるからじゃろ」

「どぎゃん虫かなア」

「田舎へ行くとよくある虫じゃ」

「ふん、長いとじゃろ？」

「蚕のごつある」

「お父さん、ほんまに見たとか？」

「ほんまよ」

汚点《しみ》だらけな壁に童子のような私の影が黒く写った。風が吹き込むたび、洋燈《ランプ》のホヤの先きが燃え上って、誰か「雨が近い」と云いながら町を通っている。

「まあ、こんな臭か部屋、なんぼうにきめなはった？」

「泊るだけでよかもの、六拾銭たい」

「たまげたなア、旅はむごいものじゃ」

あんまり静かなので、波の音が腹に這入って来るようだ。蒲団は一組で三枚、私はいつものように、読本を持ったまま、沈黙《だま》って裾へはいって横になった。

「おッ母さん！　もう晩な、何も食わんとかい？」

「もう、何ちゃいらんとッ、蒲団にはいったら、寝ないかんとッ」

「うどんば、食べたじゃろが？　白か銭ば沢山持っちょって、何も買うてやらんげに思うちょるが、宿屋も払うし、薬の問屋へも払うてしまえば、あの白か銭は、のうなってしまうがの、早よ寝て、早よ起きい、朝いなったら、白かまんまいっぱい食べさすッでなア」

　座蒲団を二つに折って私の裾にさしあってはいると、父はこう云った。私は、白かまんまと云う言葉を聞くと、ポロポロと涙があふれた。

「背丈が伸びる頃ちゅうて、あぎゃん食いたかものじゃろうかなア」

「早よウ、きまって飯が食えるようにならな、何か、よか仕事はなかじゃろか」

　父も母も、裾に寝ている私が、泪を流していると云う事は知らぬ気であった。

「あれも、本ばよう読みよるで、どこかきまったりゃ、学校さあげてやりたか」

「明日、もう一日売れたりゃ、ここへ坐ってもええが……」

「ここはええところじゃ、駅へ降りた時から、気持ちが、ほんまによかった。ここは何ちゅうてな？」

「尾の道よ、云うてみい」

「おのみち、か？」

「海も山も近い、ええところじゃ」

母は立って洋燈を消した。

六

この家の庭には、石榴《ざくろ》の木が四五本あった。その石榴の木の下に、大きい囲いの浅い井戸があった。二階の縁の障子をあけると、その石榴の木と井戸が真下に見えた。井戸水は塩分を多分に含んで、顔を洗うと、一寸舌が塩っぱかった。水は二階のはんど甕《がめ》の中へ、二日分位汲み入れた。縁側には、七輪や、馬穴《ばけつ》や、ゆきひらや、鮑《あわび》の植木鉢や、座敷は六畳で、押入れもなければ床の間もない。これが私達三人の落ちついた二階借りの部屋の風景である。

朝になると、借りた蒲団の上に白い風呂敷を掛けた。

階下は、五十位の夫婦者で、古ぼけた俥《くるま》をいつも二台ほど土間に置いていた。おじさんが、俥をひっぱった姿は見た事はないが、誰かに貸すのでもあろう、時々、一台の俥が消える時がある。おばさんは毎日、石榴の木の見える縁側で、白い昆布に辻占《つじうら》を巻いて、帯を結ぶ内職をしていた。

　ここの台所は、いつも落莫《らくばく》として食物らしい匂いをかいだ事がない。井戸は、囲いが浅いので、よく猫や犬が墜ちた。そのたび、おばさんは、禿《はげ》の多い鏡を上から照らして、深い井戸の中を覗いた。

「尾の道の町に、何か力があっとじゃろ、大阪までも行かいでよかった」

「大阪まで行っとれば、ほんのこて今頃は苦労しよっとじゃろ」

　此頃、父も母も、少し肥えたかのように、私の眼にうつった。

　私は毎日いっぱい飯を食った。嬉しい日が続いた。

「腹が固うなる程、食うちょれ、まんまさえ食うちょりゃ、心配なか」

「のう――おッ母さん！　階下のおばさんたち、飯食うちょるじゃろか？」

「どうして？　食うちょらな動けんがの」

「ほんでも、昨夜な、便所へはいっちょったら、おじさんが、おばさんに、俥も持って行かせ、俺は此のまま死んだ方がましい、云うてな、泣きよんなはった」

「ほうかや！　あの俥も金貸しにばし、取られなはったとじゃろ」

「親類は、あっとじゃろか、飯食いなはるとこ、見たことなか」

「そぎゃんこツ云うもんじゃなかッ、階下のおじさんな、若い時船へ乗りよんなはって、機械で足ば折んなはったとオ、誰っちゃ見てくれんけん、おばさんが昆布巻きするきりで、食うて行きなはるとだい、可哀そうだろうがや」

「警察へ行っても駄目かや？」

「誰もそんな事知らんと云うて、皆、笑いまくるぞ」

「そんでも、悪いこつすれば怒るだろう？」

「誰がや？」

「人の足折って、知らん顔しちょるもんがよオ」

「金を持っちょるけに、かなわんたい」

「階下のおじさんな、馬鹿たれか？」

「何ば云よっとか！」


父は風琴と弁当を持って、一日中、「オイチニイ　オイチニイ」と、町を流して薬を売って歩いた。

「漁師町に行って見い、オイチニイの薬が来たいうて、皆出て来るけに」

「風体が珍しかけにな」


長いこと晴れた日が続いた。

山では桜の花が散って、いっせいに四囲が青ばんで来た。遠くで初蛙《はつがえる》も啼《な》いた。白い除虫菊の花も咲いた。

七

或日、山の茶園で、薔薇《ばら》の花を折って来て石榴の根元に植えていたら、商売から帰った父が、井戸端で顔を洗いながら、私にこう云った。

「学校へ行かんか？」

「学校か？　十三にもなって、五年生にはいるものはなかもの、行かぬ」

「学校へ行っとりゃ、ええことがあるに」

「六年生に入れてくれるかな？」

「沈黙《だま》っとりゃ、六年生でも入れようたい、よう読めるとじゃもの……」

「そんでも、算術はむずかしかろな？」

「ま、勉強せい、明日は連れて行ってやる」

学校に行けることは、不安なようで嬉しい事であった。その晩、胸がドキドキして、私は子供らしく、いつまでも瞼《まぶた》の裏に浮んで来る白い数字を数えていた。

十二時頃ででもあったであろうか、ウトウトしかけていると、裏の井戸で、重石《おもし》か何か墜ちたように凄《すさ》まじい水音がした。犬も猫も、井戸が深いので今までは墜ちこんでも嘗めるような水音しかしないのに、それは、聞き馴れない大きい水音であった。

「おッ母さん！　何じゃろか？」

「起きとったとか、何じゃろかのう……」

そう話しあっている時、又水をはねて、何か悲しげな叫び声があがった。階下のおじさんが、わめきながら座敷を這っている。

「あんた！　起きまっせ！　井戸ん中へ誰か墜ちたらしかッ」

「誰が？」

「起きて、早よう行ってくれまっせ、おばさんかも判らんけに……」

私は体がガタガタ震えて、もう、ものが云えなかった。

「どぎゃんしたとじゃろか？」

「お前も一緒に来いや、こまい者は寝とらんかッ！」

父は呶鳴《どな》りながら梯子段《はしごだん》を破るようにドンドン降りて行った。

私一人になると、周囲から空気が圧して来た。私はたまらなくなって、雨戸を開き、障子を開けた。

石榴の葉が、ツンツン豆の葉のように光って、山の上に盆のような朱い月が出ている。肌の上を何かついと走った。

「どぎゃん、したかアい！」

思わず私は声をあげて下へ叫んでみた。

母が、鏡と洋燈を持っているのが見えた。

「ハイ！　此縄を一生懸命握っとんなはい」

父はこうわめきながら、縄の先を、真中の石榴の幹へ結んでいた。

「いま、うちで、はいりますにな、辛抱して、縄へさばっといて下さいや」

おろおろした母の声も聞えた。

「まさこ！　降りてこいよッ」

父は覗いている私を見上げて呶鳴った。私は寒いので、父の、黄色い筋のはいった服を背中にひっかけると、転げるように井戸端へ降りて行った。縁側ではおじさんが、「うはははははうはははははは」と、泡を食ったような声で呶鳴っていた。

「ええ子じゃけに、医者へ走って行け、おとなしゅう云うて来るんぞ」

石畳の上は、淡い燈のあかりでぬるぬる光っていた。温い夜風が、皆の裾を吹いて行く。井戸の中には、幾本も縄がさがって「ううん、ううん」唸り声が湧いていた。

「早よう行って来ぬか！　何しよっとか？」

私は、見当もつかない夜更《よふ》けの町へ出た。波と風の音がして、町中、腥《なまぐさ》い臭《にお》いが流れていた。小満の季節らしく、三味線の音のようなものが遠くから聞えて来る。

いつから、手を通していたのであろうか、首のところで、釦《ボタン》をとめて、私は父の道化た憲兵の服を着ていた。その為だろうか、街角の医者の家を叩くと、俥夫は寝呆けて私がいまだかつて、聞いた事がない程な丁寧な物言いで、いいいんぎんに小腰を曲めた。

「よろしゅうございますとも、一時でありましょうとも、二時でありましょうとも、医者の役目でございます故、私さえ走るならば、先生も起きましょうし、じき、上りまするでございます」

八

井戸へ墜ちたおばさんは、片手にびしょびしょの風呂敷包みを抱いて上って来た。その黒い風呂敷包みの中には繻子《しゅす》の鯨帯と、おじさんが船乗り時代に買ったという、ラッコの毛皮の帽子がはいっていた。おばさんは、夜更けを待って、裏口から質屋へ行く途中ででもあったのであろう。おばさんの帯の間から質屋の通いがおちた。母は「このひとも苦労しなはる」と、思ったのか、その通いを、医者の見ぬように隠した。

「あぶないところであった」

「よかりましょうか？」

「打身をしとらぬから、血の道さえおこらねば、このままでよろしかろ」

一度は食べて見たいと思ったおばさんの、内職の昆布が、部屋の隅に散乱していた。五ツ六ツ私は口に入れた。山椒《さんしょう》がヒリッと舌をさした。

「生きてあがったとじゃから、井戸浚《さら》えもせんでよかろ」

朝、その水で私達は口をガラガラ漱《すす》いだ。井戸の中には、おばさんの下駄が浮いていた。私は禿げた鏡を借りて来て、井戸の中を照らしながら、下駄を笊《ざる》で引きあげた。母は、石囲いの四ツ角に、小さい盛塩をして「オンバラジャア、ユウセイソワカ」と掌《て》を合しておがんだ。

曇り日で、雨らしい風が吹いている。

父は、着物の上から、下のおじさんの汚れた小倉の袴《はかま》をはいて、私を連れて、山の小学校へ行った。

小学校へ行く途中、神武天皇を祭った神社があった。その神社の裏に陸橋があって、下を汽車が走っていた。

「これへ乗って行きゃア、東京まで、沈黙《だま》っちょっても行けるんぞ」

「東京から、先の方は行けけんか？」

「夷《えびす》の住んどるけに、女子供は行けけぬ」

「東京から先は海か？」

「ハテ、お父さんも行ったこたなかよ」

随分、石段の多い学校であった。父は石段の途中で何度も休んだ。学校の庭は沙漠《さばく》のように広かった。四隅に花壇があって、ゆすらうめ、鉄線蓮《てっせんれん》、おんじ、薊《あざみ》、ルピナス、躑躅《つつじ》、いちはつ、などのようなものが植えてあった。

校舎の上には、山の背が見えた。振り返ると、海が霞《かす》んで、近くに島がいくつも見えた。

「待っとれや」

父は、袴の結び紐の上に手を組んで、教員室の白い門の中へはいって行った。——よっぽど柳には性のあった土地と見えて、此庭の真中にも、柔かい芽を出した大きい、柳の木が一本、羊のようにフラフラ背を揺っていた。

廻旋木にさわって見たり、遊動円木に乗って見たり、私は新しい学校の匂いをかいだ。だが、何故《なぜ》か、うっとうしい気持ちがしていた。このまま走って、石段を駈け降りようかと、学校の門の外へ出たが、父が、「ヨオイ！」と私を呼んだので、私は水から上った鳥のように身震いして教員室の門をくぐった。

教員室には、二列になって、カナリヤの巣のような小さい本箱が並んでいた。真中に火鉢があった。そこに、父と校長が並んでいた。父は、私の顔を見ると、いんぎんにおじぎをした。だから、私も、おじぎをしなければならないのだろうと、丁寧に最敬礼をした。

校長は満足気であった。

「教室へ連れて行きましょう」

「ほんなら、私はこれで失礼いたします。何ともハヤ、よろしくお願い申し上げます」

父が門から去ると私は悲しくなった。校長は背の高い人であった。私はどこかの学校で覚えた、「七尺下って師の影を踏まず」と、云う言葉を思い出したので、遠くの方から、校長の後へついて行った。

「道草食わずと、早よウ歩かんか！」

校長は振り返って私を叱った。窓の外のポンプ井戸の水溜りで、何かカロカロ……鳴いていた。

雨戸のような歪《ゆが》んだ扉を開けると、ワアンと子供達の息が私にかかった。（女子六年　ィ組）と、黒板の上に札が下っていた。私は五年を半分飛ばして六年にあがる事が出来た。

一寸不安であった。

九

長い間雨が続いた。

私は段々学校へ行く事が厭《いや》になった。学校に馴れると、子供達は、寄ってたかって私の事を「オイチニイの新馬鹿大将の娘じゃ」と、云った。

私はチャップリンの新馬鹿大将と、父の姿とは、似つかないものだと思っていた。それ故、私は、いつか、父にその話をしようと思ったが、父は長い雨で腐り切っていた。

黄色い粟飯《あわめし》が続いた。私は飯を食べる毎《ごと》に、厩《うまや》を聯想しなければならなかった。私は学校では、弁当を食べなかった。弁当の時間は唱歌室にはいってオルガンを鳴らした。私は、父の風琴の譜で、オルガンを上手に弾いた。

私は、言葉が乱暴なので、よく先生に叱られた。先生は、三十を過ぎた太った女のひとであった。いつも前髪の大きい庇《ひさし》から、雑巾のような毛束を覗かしていた。

「東京語をつかわねばなりませんよ」

それで、みんな、「うちはね」と云う美しい言葉を使い出した。

私は、それを時々失念して、「わしはね」と、云っては皆に嘲笑された。学校へ行くと、見た事もない美しい花と、石版絵が沢山見られて楽しみであったが、大勢の子供達は、いつまでたっても、私に対して、「新馬鹿大将」を止《や》めなかった。

「もう学校さ行きとうはなか？」

「小学校だきゃ出とらんな、おッ母さんば見てみい、本も読めんけん、いつもかつも、眠っとろうがや」

「ほんでも、うるそうして……」

「何がうるさかと？」

「云わん！」

「云わんか？」

「云いとうはなか！」

刀で剪《き》りたくなる程、雨が毎日毎日続いた。階下のおばさんは、毎日昆布の中に辻占と山椒を入れて帯を結んでいた。もう、黄いろい御飯も途絶え勝ちになった。母は、階下のおばさんに荷札に針金を通す仕事を探して貰った。父と母と競争すると母の方が針金を通すのは上手であった。

私は学校へ行くふりをして学校の裏の山へ行った。ネルの着物を通して山肌がくんくん匂っている。雨が降って来ると、風呂敷で頭をおおうて、松の幹に凭れて遊んだ。

天気のいい日であった。山へ登って、萩《はぎ》の株の蔭へ寝ころんでいたら、体操の先生のように髪を長くした男が、お梅さんと云う米屋の娘と遊んでいた。恥ずかしい事だと思ったのか私は山を降りた。真珠色に光った海の色が、チカチカ眼をさした。

父と母が、「大阪の方へ行ってみるか」と云う風な事をよく話しだした。私は、大阪の方へ行きたくないと思った。いつの間にか、父の憲兵服も無くなっていた。だから風琴がなくなった時の事を考えると、私は胸に塩が埋ったようで悲しかった。

「俥でも引っぱって見るか?」

父が、腐り切ってこう云った。その頃、私は好きな男の子があったので、なんぼうにもそれは恥ずかしい事であった。その好きな男の子は、魚屋のせがれであった。いつか、その魚屋の前を通っていたら、知りもしないのに、その子は私に呼びかけた。

「魚が、こぎゃん、えっと、えっと、釣れたんどう、一尾やろうか、何がええんな」

「ちぬご」

「ちぬごか、あぎゃんもんがええんか」

家の中は誰もいなかった。男の子は鼻水をずるずる啜りながら、ちぬごを新聞で包んでくれた。ちぬごは、まだぴちぴちして鱗が銀色に光っていた。

「何枚着とるんな」

「着物か？」

「うん」

「ぬくいけん何枚も着とらん」

「どら、衿を数えて見てやろ」

男の子は、腥い手で私の衿を数えた。数え終ると、皮剝《は》ぎと云う魚を指差して、「これも、えっとやろか」と云った。

「魚、わしゃ、何でも好きじゃんで」

「魚屋はええど、魚ばア食える」

男の子は、いつか、自分の家の船で釣りに連れて行ってやると云った。私は胸に血がこみあげて来るように息苦しさを感じた。

学校へ翌《あく》る日行って見たら、その子は五年生の組長であった。

十

誰の紹介であったか、父は、どれでも一瓶拾銭の化粧水を仕入れて来た。青い瓶もあった。紅《あか》い瓶も、黄いろい瓶も、みな美しい姿をしていた。模様には、ライラックの花がついて、きつく振ると、瓶の底から、うどん粉のような雲があがった。

「まあ、美しか!」

「拾銭じゃ云うたら、娘達ゃ買いたかろ」

「わしでも買いたか」

「生意気なこと云いよる」

父は此《この》化粧水を売るについて、此様《こん》な唄をどこからか習って来た。

一瓶つければ桜色

二瓶つければ雪の肌

諸君! 買い給《たま》え

買わなきゃ炭団《たどん》となるばかし。

父は、此節に合せて、風琴を鳴らす事に、五日もかかってしまった。

「早よう売らな腐る云いよった」

「そぎゃん、ひどかもん売ってもよかろか？」

「ハテ、良かろか、悪かろか、食えんもな、仕様がなかじゃなッか」

尾の道の町はずれに吉和《よしわ》と云う村があった。帆布工場もあって、女工や、漁師の女達が沢山いた。父はよくそこへ出掛けて行った。

私は、こういうハイカラな商売は好きだと思った。私は、赤い瓶を一ッ盗んで、はんど甕の横に隠しておいた。

「時勢が進むと、安うて、ハイカラなものが出来るもんかなア」

町中「一瓶つければ桜色」の唄が流行《はや》った。化粧水は、持って出るたび、よく売れて行った。

その頃、籠の中へ、牛肉を入れて売って歩く婆さんが来た。もうけがあるのであろう、母は気前よく、よくそれを買った。蒟蒻《こんにゃく》を入れると、血のような色になって、「犬の肉ででもあっとじゃろ」と、三人とも安いのでよく、その赤い肉を食った。

「やっぱし、犬の肉でやんすで」

階下のおばさんは、買った肉を犬にくれたら、やっぱし食わなかったと、それが犬の肉である事を保証した。

　雨がカラリと霽《は》れた日が来た。或日、山の学校から帰って来ると、母が、息を詰めて泣いていた。

「どぎゃん、したと?」

「お父さんが、のう……警察い行きなはった」

　私は、此時の悲しみを、一生忘れないだろう。通草《あけび》のように瞼が重くなった。

「おッ母さんな、警察い、一寸行って来ッで、ええ子して待っとれ」

「わしも行く。――わしも云うたい、お父さん帰るごと」

「子供が行ったっちゃ、おごらるるばかり、待っとれ!」

「うんにゃ! うんにゃ! 一人じゃ淋しか!」

「ビ、ビ、ビンタばやろかいッ!」

　母が出て行った後、私は、オイオイ泣いた。階下のおばさんが、這い上って来て、一緒に傍に横になってくれても、私は声をあげて泣いた。

「お父さんが云わしたばい、あア、おばっさん! 戦争の時、鑵詰《かんづめ》に石ぶち込んで、成金さなったものもあるとじゃもの、俺がとは砂粒よか、こまかいことじゃ云うて……」

「泣きなはんな、お父さんは、ちっとも悪うはなかりゃん、あれは製造する者が悪いんじやけのう」

「どぎゃんしても俺ゃ泣く！　飯ば食えんじゃなっか！」

私は、夕方町の中の警察へ走って行った。

唐草模様のついた鉄の扉に凭れて、父と母が出て来るのを待った。「オンバラジャア、ユウセイソワカ」私は、鉄の棒を握って、何となく空に祈った。

淋しくなった。

裏側の水上署でカラカラ鈴の鳴る音が聞える。

私は裏側へ廻って、水色のペンキ塗りの歪んだ窓へよじ登って下を覗いて見た。

電気が煌々《こうこう》とついていた。部屋の隅に母が鼠《ねずみ》よりも小さく私の眼に写った。父が、その母の前で、巡査にぴしぴしビンタを殴られていた。

「さあ、唄うて見んか！」

父は、奇妙な声で、風琴を鳴らしながら、

「二瓶つければ雪の肌」と、唄をうたった。

「もっと大きな声で唄わんかッ！」

「ハッハッ……うどん粉つけて、雪の肌いなりゃア、安かものじゃ」

悲しさがこみあげて来た。父は闇雲《やみくも》に、巡査に、ビンタをぶたれていた。

「馬鹿たれ！　馬鹿たれ！」

私は猿のように声をあげると、海岸の方へ走って行った。

「まさこヨイ！」と呼ぶ、母の声を聞いたが、私の耳底には、いつまでも何か遠く、歯車のようなものがギリギリ鳴っていた。

和解

徳田秋声

■とくだ・しゅうせい　一八七一～一九四三
石川県生まれ。主な作品『黴』『縮図』
初　出『新潮』一九三三年六月号
初収録『町の踊り場』（改造社、一九三四年）
底　本『徳田秋聲全集』第十七巻（八木書店、一九九九年）

一

奥の六畳に、私はM―子と火鉢の間に対坐していた。晩飯には少し間があるが、晩飯を済したのでは、夜の部の映画を見るのに時間が遅すぎる――ちょうどそう云った時刻であった。陽気が春めいて来てから、私は何となく出癖がついていた。日に一度くらい洋服を著《き》て靴をはいて街へ出てみないと、何か憂鬱であった。街へ出て見ても別に変ったことはなかった。どこの町も人と円タクとネオンサインと、それから食糧品、雑貨、出版物、低俗な音楽の氾濫《はんらん》であった。その日も私は為《し》たい仕事が目の前に山ほど積っているようで、その癖何一つ為《す》ることがないような気がしていた。その時T―が、いつもの、私を信じ切っているような少し羞《はず》かしいような様子をして部屋の入口に現われた。そしてつかつかと傍《そば》へ寄って来た。

「済みませんけれど、一時お宅のアパアトにおいて戴きたいんですが……。家《うち》が見つかるまで。――家を釘《くぎ》づけにされちゃったんで。」彼はそういって笑っていた。

「何《ど》うして？」

「それが実に乱暴なんです。壮士が十人も押掛けて来て、お巡りさんまで加勢して、否応なしに……。」

　私も笑ってるより外なかったが、困惑した。

「アパアトは一杯だぜ。三階の隅に六畳ばかり畳敷のところはあるけれど、あすこに住うのは違法なんだから。」

「そこで結構です。小島弁護士も、後で行って話すから、差当り先生のアパアトへ行くより外ないというんです。」

「小島君が何うかしてくれそうなもんだね。」

「こうなっては手遅れだというんです。防禦策《ぼうぎょ》は講じてあったんだけれど、先方の遣口が実に非道《ひど》いんです。」

「じゃ、まあ……為方《しかた》がないね。」

　T―は部屋代に相当する金をポケットから出した。私は再三拒んだが、T―は押返した。私は彼が遣りかけている仕事に、最近聊《いささ》か助言を与えると共に、費用も出来る範囲で立換えていた。二三日前にも見本を地方へ送る郵税が、予想より超過したとかで、私はそれを用立てて一安心しているところであった。T―はそんな仕事の好い材料をもっていたけれど、少しばかり金を注ぎこんだところで、物になるか何うかは疑問であった。彼は又私のヒントで、俳文学の雑誌を発刊する計画も立てていた。まあ、何か彼か取りついて行けそうに思えた。私自身最近荒れ放題に荒れていた少し許《ばか》りの裏の空地に、百方工面して貧弱なアパアトを造ったくらいであった。世間からおいてきぼりを喰った、芸術家の晩年の寂しい姿を、自身にまざまざ見せつけられていた。この四五年事物が少しはっきり見えるような気がした。隠遁《いんとん》や死も悪くはなかったが、ねばるのも亦《また》よかった。T―もう相当の年輩であったが、今まで余り好い事はなかった。同じ芸術壇で、私の友人である兄は特異な地位を占めていたけれど、T―はその足もとへも寄りつけなかった。結核で八年間も苦しみ通した最初の細君のことを、私は余り知らなかったけれど、この前の細君は、三年程前、彼に新しい女が出来かかった頃、子供の問題などで、よく私のところへ遣って来たものだが、立派な性格破産者であったから、T―の結婚生活が幸福である筈もなかった。五年以来彼は今二十五になる恋人と幸福な同棲生活を続けて来た。遣りかけた仕事が若《も》し巧く行けば、彼はその晩年において、生涯の償いが取れないとも限らなかった。それは全く望みのない事でもなかった。誰もが人の才能や運命に見切りをつけてはならなかった。

私はT―の金をM―子に預けた。そしてT―が帰ってから、背広に着かえてM―子と長男の芳夫をつれて外へ出た。

三人で通りの人道を歩いていると、或る銀行の前の、老い朽ちた椎《しい》の木蔭の鉄柵のところで、赤靴を磨かせているT―を見た。T―は私達の顔を見て近眼鏡の下で微笑《ほほえ》みかけた。

「お出かけ？」

「いや、ちょっと。」

その儘私たちは通りすぎた。そして三丁目の十字路を突切って、とある楽器店の前まで来た。東京社交舞踏教習所と書きつけた電燈が、その横の路次にある其のビルディングの入口に出ていた。M—子が自身私のパアトナアになるつもりで、最近そこで四五日ダンスを教わったのが因縁で、私も時々そこへ顔を出して、ステップの研究をやったりした。教養のある其処の若いマダムは、体の軽い私を、よく腋《わき》の下から持ちあげるようにして、気さくにステップを教えてくれた。いつか其のお父さんとも私は話をするようになった。

「渡瀬さんは何うなさいました。」お父さんはその令嬢が小さい時分、よく世話になった医者で、私のダンス仲間である渡瀬ドクトルのことを私に聞いた。

渡瀬ドクトルは区内の名士であったが、ダンスの研究にも熱心であった。

「渡瀬さん困りますよ。肝臓癌《かんぞうがん》になっちまって。」私は暫《しばら》く見舞いを怠っているドクトルのことを思い出した。

ドクトルも最近ここの牀《ゆか》で、マダムと踊ったこともあったが、善良なこの人達の家庭をよく知っていた。彼は医者としてよりも、人として一種ヒイロイックな人格の持主であった。最近まであれほど頑健で、時とすると一夜のうちに五十回も立続けに踊ったり、政治批評や恋愛談に興がわくと、夜が白々明けるまで、私の家のストオブの傍で話しに耽ったりしていたのに、三月へ入ってから急に顔や手足が鬱金染《うこんぞ》めのように真黄色になって来た。私達はストオブのある板敷の部屋や、私の物を書くテイブルの傍などで、屢々《しばしば》豊富なタンゴの新しいステップを踏んで見せていた、肥った小さい其の姿を、暫らく見ることがなかった。

娘夫婦に道楽半分教習所をやらせている彼は少し口元の筋肉をふるわせて、眼鏡ごしに私の顔を見詰めていた。

ちょうどいつも踊ってくれるマダムは風邪をひいたので、出ていなかったし、マスタアの顔も見えなかったので私達は助手の女の人を相手に、一二回踊ってそこを出ると、下の広小路までぶらぶら歩いて、お茶を呑んで帰って来た。

「T—さん何うしたか知ら。」私は家政をやってくれているおばさんに聞いた。

「子供さんがアパアトの廊下に遊んでいましたから、もうお引移りになったんでしょうよ。」

私は建築中も、一度も見に行かなかったくらいで、アパアトの方へ行くのも厭《いや》だったので、その晩は彼を訪ねもしなかった。

二

間《あいだ》一日おいた晩方、私はおばさんからT―君が病気で臥《ふ》せていることを聞いた。

「何んな風？」私はきいた。

「多分風邪だろうというんですの。突然九度ばかり熱が出たんだそうです。先刻《さっき》奥さんに伺ったんですけれど。」

五年以来の其の若い細君の噂を、私は子供からも耳にしていたし、M―子の仕立物を頼んだりしていたので、二三度逢っていたおばさんからも、聞いていた。二男の友達がダンスを教えたりして、何か恋愛関係でもあったように思われたが、T―のものになったのは、それから間もないことらしかった。兎に角仕立物をしたりして、T―を助けていることだけでも、近頃の教養婦人としては、好い傾向だと思った。

「九度？」私は首をひねった。

「九度とか四十度とか……ちょっと立話でしたから。」

「医者にかけたか知ら。」

「さあ、そこのところは存じませんけれど。」

「風邪ならいいけれど……。」

私は他の場合を想像しない訳にいかなかった。チブスとか肺炎とか……。私はアパアトに十人余りの人達がいるので、最悪の場合のことも気にしないではいられなかった。

「細君に、早速医者に診てもらうように言ってくれませんか。」

「そう言いましょう。」

「こういう時、渡瀬さんが丈夫だといいんだがな。」

「そうですね。」

「しかし浦上さんも、医者としては好いんだ。至急あの人を呼ぶように言って下さい。そして診察の様子を見よう。」

「そう申しておきましょう。」

私は裏へいって、三階へ上ってみようかと余程そう思ったけれど、逢ったこともない細君に遠慮もあったし、差当りT—の生活に触れるのも厭だった。

切迫した仕事があったので、その晩はそのままに過ぎた。それにおばさんはルーズな方じゃないので、医者に診てもらったに違いないと思っていた。

明日になっても、私は何か頭脳《あたま》の底に、不安の影を宿しながらも、その問題にふれる機会もなくて過ぎた。多分感冒だったので、報告がないのだろうと思っていたが、夜、私は外から帰ってくると、急にまた気になりだした。私はおばさんに聞いてみた。

「T―君診てもらったかしら。」

「ええ、あの時そう申しましたんですが、知らない人に診てもらうのは厭なんですって。それで、牛込の懇意なお医者を呼びにいったんだけれど、その方《かた》も風邪で寝ていらっしゃるんで、多分明日あたり診ておもらいになるんでしょう。」

「呑気なことを言ってるんだな。何うして浦上さんを呼ばないんだろうな。」

しかし其の晩はもう遅かった。容態に変化がなさそうなので、私は風邪に片着けて、一時のがれに安心していようとした。何か自分流儀な潔癖をもったT―自身と細君の気分に闖入《ちんにゅう》して行くのも憚《はばか》られた。

三

翌々日の夜、或る会へ出席して、二三氏と銀座でお茶を呑んだりして帰ってくると、T―の病気が大分悪化したことを、おばさんから聞いた。誰かに見せたのかときくと、浦上ドクトルが昼間来て診察したというのであった。

私は自身の怠慢に、今度も亦漸《やっ》と気がついたように感じたと共に、浦上の診断を細君にききたかった。急いで庭を突切って、アパアトの裏口から入っていった。ちょうど二段になっている三階の段梯子《だんばしご》を登りきったところで、そこの天井裏の広い板敷の薄闇黒《うすくらがり》に四十年輩の体の小締めな、私の見知らない紳士と、背のすらりとした若い女と、ひそひそ立話をしているのに出会《でくわ》した。私はちょっと躊躇したのち、今診察を終って、帰ろうとしている其の医者に話しかけた。

「失礼ですが、ちょっと私の部屋までおいで願いたいんですが。」

「よろしゅうございます。」

幼児のような柔軟さをもった彼は、足を浮かすようにして私について来た。

私達は取散かった私の書斎で、火鉢を間にして挨拶し合った。

「私は少々お門違いの婦人科でして、昼間病院にいるものですから。」彼は名刺を出した。

「じゃT—君が、最近瘭疽《ひょうそ》を癒《なお》していただいたのは貴方ですか。」

「そうですよ、は、はい。」

ドクトルはモダアンな少年雑誌の漫画のように愛嬌があった。

「病気はどんなですか。」

「は、は……実は昨日もちょっと来て診ましたが、その時は分明《はっきり》わかりませんでしたが、今診たところによりますと、肺炎でも窒扶斯《チブス》でもありませんな。原因はよくわかりませんが、脳膜炎ということだけは確実ですよ、は、は。」

「脳膜炎ですか。」

「今夜あたり、もう意識がありませんよ、は。兎に角これは重体です。去年旅先で、井戸へおちて、肋骨《ろっこつ》を打たれたので、或いは肺炎ではないかと思っておりましたが、どうも其れらしい症状は見出せません。」

「窒扶斯でもないんですか。」

「その疑いもないことはなかったのですが、断じてそうじゃありませんな。」

ドクトルは術語をつかって、詳しく症状を説明したが、明朝もう一度来てもらうことにして、私は玄関まで送りだした。

「では……は、は……ごめん、ごめん。」ドクトルは操り人形のような身振りで出て行った。

私は事態の容易でないことを感じた。T—自身にもだが、T—の兄のK—氏に対する責任が考えられた。たとい其れが不断何んなに仲のわるい友達同志であるにしても、T—の唯一の肉親であるK—氏の耳へ入れない訳にいかなかった。T—は兼々《かねがね》この兄に何かの助力を乞うことを、悉皆《すっかり》断念していた。勿論この兄弟は、本当に憎み合っている訳ではなかった。謂《い》わばそれは優れた天才肌の偏倚的な芸術家と、普通そこいらの人生行路に歩みつかれて、生活の下積みになっている凡庸人とのあいだに掘られた溝のようなものであった。K—に奇蹟が現われて、センチメンタルな常識的人情感が、何らかの役目を演じてくれるか、T—が芸術的にか生活的にか、孰《どちら》かの点で、或程度までK—に追随することができたならば、二人の交渉は今までとはまるで違ったものであるに違いなかった。

ところで、K—と私自身とは、それとは全然違った意味で、長いあいだ殆んど交渉が絶えていた。それは芸術の立場が違っているせいもあったが、同じくO—先生の息のかかった同門同志の啀《いが》み合いでもあった。同じ後輩として、O—先生との個人関係の親疎や、愛敬の度合いなどが、O—先生の歿後、いつの間にか、遠心的に二人を遠ざからしめてしまった。K—からいえば、芸術的にも生活的にもO—先生は絶対のものでなくてはならなかったが、私自身はもっと自由な立場にいたかった。その気持が、時には無遠慮にK—の芸術にまで立入って行った。そしてK—の後半期の芸術に対する反感が又反射的にO—先生の芸術へかかって行った。そしてそこに感情の不純が全くないとは言い切れなかった。勿論K—から遠ざけられているT—に、いくらかの助力と励みを与えたとしても、それは単にT—が人懐っこく縋《すが》ってくるからで、それとは何の関係もなかった。K—への敵意でもなかったし、認識された陰の好意からでは尚更《なおさ》らなかった。追憶的な古い話が出ると、私は時々T—にきいた。

「兄さんこの頃何うしてるのかね。」

「兄ですか。家に引《ひっ》こんで本ばかり読んでいますよ。もう大分白くなりましたよ。」

「兄さん白くなったら困るだろう。」

「でも為方《しかた》がないでしょう。」

そう言って笑っているT—が、一ト頃の私のように、髪を染めていることに、最近私はやっと気がついた。T—ももう順々にそういう年頃になっていた。

兎に角私はK—へ知らせておかなければならなかった。私は文士録をくって番号を調べてから、近くにある自働電話へかかって行った。耳覚えのある女の声がした。勿論それは夫人であった。

「突然ですが、T—さんが私のところで、病気になったんです。可なり重態らしいのです。」

「T—さんがお宅で。まあ。」

「電話では詳しいお話も出来かねますけれど、誰方《どなた》か話のわかる方をお寄越しになって戴きたいんですが……。」

「そうですか。生憎《あいにく》主人が風邪で臥せっておりますので、今晩という訳にもまいりませんけれど、何とかいたしましょう。お宅でも飛んだ御迷惑さまで……。」

「いや、それはいいんですが……では、何うぞ。」

私は自働電話を出た。そして机の前へ来て坐ってみたが、落着かなかった。ベルを押して、義弟の沢を呼んだ。沢は私の家政をやってくれているお利加おばさんの夫であった。

「K―さん見えないんですか。」沢は火鉢の前へ来て坐った。

「さあ……K―君に来てもらっても困るんだが……。」私は少し苛ついた口調で、

「大分悪いようだから、病院へ入れなけあいけないと思うが、浦上さんの診断は何うなんかな。診察がすんだら、こちらへ寄ってもらうように言っておいたんだが……。」

「さあ、それは聞きませんでしたが……。」

「すまんけれど、浦上さんへ行ってきいてみてくれないか。」

沢は出て行ったが、間もなく帰って来た。部屋の入口へ現われた彼は、悉皆《すっかり》興奮していた。

「あの医者はひどいですね。ベルをいくら押しても起きないんです。漸と起きて来て、戸をあけたかと思うと、恐ろしい権幕で脅かすんです。医者も人間ですよ、夜は寝なけあなりません、貴方のように夜夜中《よるよなか》ベルを鳴らして、非常識にも程がある、と、こうなんです。」

「結局何うしたんだ。」

「あんな病人を、婦人科の医者にかけたりして、長く放抛《うっちゃ》らかしておいて、今頃騒いだって、私は責任はもてません、と言うんです。私は余程ぶん殴ってしまおうかと思ったんですけれど、これから又ちょいちょい頼まなけあならないと思ったもんだから……。」

「あのお医者正直だからね。」私は苦笑していた。

四

翌朝診察を終った浦上ドクトルと、私は玄関寄りの部屋で話していた。誰か帝大の医者に、もう一度診察してもらったうえで、家で手当をするか、病室へかつぎこむかしようと思って、その医者の撰定について相談をしていた。

玄関の戸があいた。お利加さんが出た。

「わたし毛利です。K—先生の代理として伺ったんですが。」

毛利という声が、何んとなし私に好い感じを与えた。

毛利氏が入って来た。毛利君と私はつい最近入院中の渡瀬ドクトルの病室でも、久しぶりで顔を合せたが、渡瀬ドクトルが自宅療養のこの頃、又その二階の病室でも逢った。K—氏の古い弟子格のファンの一人であるところの毛利氏は、渡瀬氏ともまた年来の懇親であった。彼は会社の公用や私用やらで、大連からやって来て、大阪と東京とのあいだを、往ったり来たりしながら、暫らく滞在していた。

毛利氏は入って来た。

「あんたが来てくれれば。」

「いや、K—先生が来るとこだけど、ちょうど私がお訪ねしたところだったもんだから。」

「K—君に来てもらっても、方返しがつかないんだ。」

「貴方には飛んだ御迷惑で……T—君何処《どこ》にいるんですか。」

私はアパアトの三階にいることについて、簡単に話した。

「そんなものがあるんですか。私はまた貴方のお宅だと思って……。」

T—の細君が、そっと庭からやって来た。

「何だか変なんです。脈が止《とま》ったようなんですが……。」彼女は泣きそうな顔をしていた。

「ちょっと見てあげましょう。」浦上ドクトルが、折鞄《おりかばん》をもって起ちあがった。

「僕も往ってみよう。」毛利氏も庭下駄を突かけて、アパアトの方へいった。私も続いた。

私は初めてT—の病床を見た。三階の六畳に、彼は氷枕をして仰向きに寝ていた。大きな火鉢に湯気が立っていた。つい三日程前夕暮れの巷に、赭《あか》のどた靴を磨かせていたT—のにこにこ顔は、すっかり其の表情を失っていた。頬がこけて、鼻ばかり隆《たか》く聳《そび》えたち、広い額の下に、剝《む》きだし放《ぱな》しの大きい目の瞳が、硝子《ガラス》玉のように無気味に淀んでいた。しかし私は、今まで幾度となく人間の死を見ているので、別に驚きはしなかった。それどころか、実を言うと、肝臓癌を宣告されている渡瀬ドクトルを見るよりも、心安かった。T—がすっかり脳を冒されているからであった。つい此の頃、あれ程勇敢に踊りを踊り、酒も飲み、若い愛人ももっていた渡瀬ドクトルの病気をきいては驚いていたが、今やそのT—が何うやら一足先きに退場するのではないかと思われて来た。

みんなで来て見ると、脈搏《みゃくはく》は元通りであったが、硬張《こわば》った首や手が、破損した機関のように動いて、喘《あえ》ぐような息づかいが、今にも止まりそうであった。細君はおろおろしながら、その体に取りついていた。額に入染《にじ》む脂汗《あぶらあせ》を拭き取ったり頭をさすったり、まるで赤ん坊をあやす慈母のような優しさであった。誰も口を利かなかったが、目頭《めがしら》が熱くなった。黒い裂《きれ》に蔽《おお》われた電燈の薄明りのなかに、何か外国の偉大な芸術家のデッド・マスクを見るような物凄いT—の顔が、緩漫に左右に動いていた。

暫くしてから、私達はそこを出て、旧《もと》の部屋へ還った。

「少し手遅れだったね。」私は言った。

「そうだな。去年旅行先きで、怪我をして、肋骨を折ったという。」

細君が又庭づたいにやって来た。

「大変苦しそうで、見ていられませんの。何とか出来ないものでしょうか。」

私達は医者の顔色を窺うより外なかった。

「さあ、どうも……。」ドクトルも当惑した。

「先刻《さっき》注射したばかりですからね。他の人が来るまで附いていて下さい。大丈夫ですから。」

ドクトルはやがて帰って来た。

「それじゃ、僕はちょっと渡瀬さんとこへ行って、先生にもちょっと相談してみよう。」

毛利氏はそう言って起ちがけに、ポケットへ手を突込んで、幾枚かの紙幣を掴みだした。

「百円ありますが、差当りこれだけお預けしておきます。先立つものは金ですから、何うぞ適宜に。」

「じゃ、それ此の人に渡しておこう。」私はそこにいる細君の方を見た。

「いや、あんた預って下さい。」

「孰《どちら》でも同じだが、預っておいても可《い》い。しかし貴方差当り必要だったら……。」

「え少し戴いておきますわ。」

二十円ばかり細君の手に渡した。

「じゃ、僕は又後に来ます。」

毛利氏はそう言って出て行った。

私はずっとの昔し、彼が帝大を出たてくらいの時代に、電車のなかなどで、口を利いたことがあったが、渡瀬ドクトルと親密の関係にある毛利氏の人柄に、この頃漸《やっ》と触れることができた。K―は今は文学以外の、実際自分の仕事にたずさわっている、それらの人達を、幾人となくその周囲にもっていたが、この場合、私をも解ってくれそうな彼の来てくれたことは悉皆《すっかり》私の肩を軽くした。

その間に、私は義弟を走らせて、浦上ドクトルが指定してくれた医者の一人、島薗内科のF―学士を迎いにやったが、折あしく学士は不在であった。

「……それから自宅へ行ってみたんですが、矢張り居ませんでした。」

「そいつあ困ったな。」

「けど、帰られたら、すぐお出で下さるように、頼んでおきましたから。」沢は言うのであった。

一時間ほどして毛利氏も帰って来た。しかし待たれる医者は来なかった。

「どれ、僕行ってこよう。若しかしたら、他の先生を頼んでみよう。」

毛利氏はまた出て行ったが、予備に紹介状をもらっておいた他の一人にも、可憎差閊《あいにくさしつか》えがあった。彼は空《むな》しく帰って来た。

私達は、今幽明の境に彷徨《さまよ》いつつあるT―に取って、殆んど危機だと思われる幾時間かを、何んの施しようもなく仇《あだ》に過さなければならなかった。

「今度の細君はよさそうだね。」

「あれはね……僕も初めて見たんだが、感心しているんだ。」

「兎角女房運のわるい男だったが、あれなら何うして……。先生幸福だよ。ところで、何うでしょうかね。あの病気は？」

「さあね。」

時間は四時をすぎていた。そしてF―医学士の来たのは、それから又大分たってからであった。彼は浦上ドクトルと一緒に、三階で診察をすましてから、私の部屋へやって来た。

「重体ですね。」いきなり医学士は言った。

「病気は何ですか。」

「私の見たところでは、何うも敗血病らしいですね。」

「窒扶斯じゃありませんね。」私はそのことが気にかかった。

「そうじゃありませんね。」

「それで何うなんでしょう、病院へ担ぎこんだ方が、無論いいんでしょうが、迚《とて》も助からないようなら、あすこで出来るだけ手当をしたいとも思うんですけれど。」

「そうですね。実は寝台車に載せて連れて行くにしても、途中が何うかとおもわれる位で……。しかし近いですから、手当をしておいたら可《い》いかも知れません。」

「これは細君の気持に委《まか》そう。」毛利氏が言うので、私達は彼女を見た。

「病院で出来るだけの手当をして頂きたいんですけれど……。」

やがて毛利氏が寝台車を傭《やと》いに行った。

五

その夜の十時頃、私はM―子と書斎にいた。M―子は読みかけた「緋文字」に読み耽っていたし、私は感動の既に静った和やかさで煙草を喫《ふ》かしていた。

それはちょうど三時間ほど前、T―の寝台車が三階から担ぎおろされて行ってから、暫らくたって、私は私の貧しい部屋に、K―の来訪を受けたからであった。

「今度はどうもT―の奴が思いかけないことで、御厄介かけて……。」

「いや別に……。行きがかりで……。」

「何かい、君んとこにアパアトがあるのかい。僕はまた君の家かと思って。」

「そうなんだよ。T―君家がなくなったもんだから。」

K―はせかせかと気忙しそうに、

「彼奴《あいつ》もどうも、何か空想じみたことばかり考えていて、足元のわからない男なんだ。何でもいいから、こつこつ稼いで……たとい夜店の古本屋でも、自分で遣るという気になるといいんだが、大きい事ばかり目論んで、一つも纏《まとま》らないいんだ。」

私もそれには異議はなかった。

「そうさ。」

「またそういう奴にかぎって、自分勝手で……。」

「人が好いんだね。」

私は微笑ましくなった。現実離れのしたK―の芸術！　しかし、それは矢張り彼の犀利《さいり》な目が見通す現実であった。色々な地点からの客観や懐疑はなかったにしても、人間の弱点や、人生の滑稽さが、裏の裏まで見通された。怜悧《れいり》な少年の感覚に、こわい小父《おじ》さんが可笑しく見えるような類だと言って可《よ》かった。

私は又た過去の懐かしい、彼との友情に関する思出が、眼の前に展開されて来るのを感じた。「高野聖」までの彼の全貌が――幻想のなかに漂っている、一貫した人生観、恋愛観が、レンズに映る草花のように浮びだして来た。

少し話してから、彼は腰をうかした。

「山の神をよこそうかと思ったんだがね、あれは病院へ行ってるんだ。僕もこれから行くところなんだ。」

「これから……又僕も行くが、君も来てくれたまえ。」

「ああ、来るとも。」

K―はT―とは、似ても似つかない、栗鼠《りす》の敏速さで、出て行った。

それから二時弱の時を、私は思いに耽りつかれていた。私は心持ち、持病の気管を悪くしていたので、寝ようかとも思ったが、洋服を出してもらおうかとも考えていた。担ぎこまれてからT―のことが気にかかった。

F―子の声が、あっちの方でしていた。そのF―子に言っている芳夫の声もした。

「K―さん、今来ていたんだよ。」

芳夫自身は、何か常識的、人情的な、有りふれた芸術が嫌いであった。

すると遽《にわ》かに、おばさんがやって来た。

「渡瀬さんからお使いで、病院から直ぐお出で下さるようにと、お電話だそうです。」

私は不吉の予感に怯《おび》えながら、急いで暖かい背広に身を固めた。そして念のためにM―子もつれて、円タクを飛ばした。

しかし私達が、真暗な構内の広場で車を乗りすてて、M―子が漸とのことで捜し当てた、ずっと奥の方にある伝染病室の無気味な廊下を通って、その病室を訪れたときには、T―は既に屍になっていた。

しかし私達は、T―が息を引取ってしまったとは、何うしても思えないのであった。何故なら、その時まで――それからずっと後になって、屍室に死骸が運ばれるまで、彼女は彼の顔や頭を両手でかかえて、生きた人に言うように、愛着の様々の言葉を、ヒステリイの発作のように間断なく口にしていたからであった。彼女は広いその額を撫でさすり、一文字なりに結んだ唇に接吻した。時とすると、顔がこわれてしまいはしないかと思われるほど、両手で弄《いじく》りまわした。

「T―はほんとうに好い人だったんですわね。」彼女は私に話しかけた。

「悪い人達に苦しめられどおしで、死んだのね。みんなが悪いんです。好い材料が沢山あったのに、好いものを書かしてやりとうございましたわ。」

彼女は聞えよがしに、そう言って、又彼の顔に顔をこすりつけた。

私はそっと病室から遁《に》げて、煙草を吸いに、炊事場へおりて行った。K―もやって来た。毛利氏や小山画伯もおりて来た。

「T―君も幸福だよ。」毛利氏は言った。

「あいつは少年時代に、年上の女に愛されて、そんな事にかけては、腕があったとみえるね。」Ｋ―も煙管《きせる》で一服ふかしながら笑っていた。

私は又、同じあの病室で、脳膜炎で入院していた長女が、脊髄から水を取られるときの悲鳴を聞くのが厭さに、その時もこの炊事場で煙草をふかしていた、十年前のことが、漫《そぞ》ろに思い出されて来た。年々建かわって行く病院も此処ばかりは何も彼も昔のままであった。

「ところで、先刻《さっき》ちょっと耳にしたんだけれど、先生お土産をおいて行ったらしんだ。」

私は有るべきことが、有るように在るのだと思った。

「成程ね。」

「よく有ることだがね。」毛利氏も苦笑したが、

「そこで何うするかね、こいつあ能く相談して取決めべきことだけれど、あの細君の身の振方もだが、何よりもサクラさんのことだ。細君は自分で持っていく積りでいるらしいんだが……。」

サクラは此の前の細君の子であった。

話が後々のことに触れて行った。

六

三日目に、告別式がお寺で行われた。寺はK―や私に最も思出の深い、横寺町にあった。K―と私とは、むかしこの辺を、朝となく夕となく一緒に歩いたときの気持を取返していた。生温《なまぬ》るい友情が、或る因縁で繋《つなが》っていて、それから双方の方嚮《ほうこう》に、年々開きが出て来たところで、全然相背反してしまったものが、今度は反動で、ぴったり一つの点に合致したように――それはしかし、考えてみれば、何うにもならないことが、余儀ない外面的の動機に強いられた妥協的なものだともいえば言えるので、いつ又た何んな機会に、或いは自然に徐々に、何うなって行くかは、容易に予想できないという不安が、全くない訳ではなかったけれど、しかし反目の理由は、既に私の気持で取除かれていたので、寧ろ前よりも和やかな友誼《ゆうぎ》が還って来たのであった。何等抵触する筈のない、異なった二つの存在であった。

三日前、火葬場へ行ったときも、二十幾年も前に、嘗《かつ》て私がK―の祖母を送ったときと同じ光景であった。

焼けるのを待つあいだ、私たちは傍らの喫茶店へ入って、紅茶を呑んだ。K―はお茶のかわりに、酒を呑んだ。

火葬場の帰りに、私は幾年ぶりかで、その近くに住んでいる画伯と一緒に、K―の家へ寄ってみた。K―は生涯の主要な部分を、殆んど全くこの借家に過したといってよかった。硝子ごしに、往来のみえる茶の間で、私は小卓を囲んで、私の好きな菓子を食べ、お茶を呑みながら、話をした。地震のときのこと、環境の移りかわり、この家のひどく暑いことなど。

「夏は山がいいじゃないか。」

「ところが其奴《そいつ》がいけないんだ。例のごろごろさまがね。」

「家を建てた方がいいね。」

「それも何うもね。」

そうやって、長火鉢を間に向き合っているK―夫婦は、神楽坂《かぐらざか》の新婚時代と少しも変らなかった。ただ、それはそれなりに、面差しに年代の影が差しているだけだった。

K―の流儀で、通知を極度に制限したので、告別式は寂しかったけれど、惨《みじ》めではなかった。順々に引揚げて行く参列者を送り出してから、私達は寺を出た。

「ちょっと行ってみよう。」K―が言い出した。

それは勿論O―先生の旧居のことであった。その家は寺から二町ばかり行ったところの、路次の奥にあった。周囲は三十年の昔し其儘であった。井戸の傍らにある馴染の門の柳も芽をふいていた。門が締まって、ちょうど空家になっていた。

「この水が実にひどい悪水でね。」

K—はその井戸に、宿怨《しゅくえん》でもありそうに言った。K—はここの玄関に来て間もなく、ひどい脚気《かっけ》に取りつかれて、北国の郷里へ帰って行った。O—先生はあんなに若くて胃癌《いがん》で斃《たお》れてしまった。

「これは牛込の名物として、保存すると可かった。」

「その当時、その話もあったんだが、維持が困難だろうというんで、僕に入れというんだけれど、何うして先生の書斎なんかにいられるもんですか恐《おっ》かなくて……。」

私達は笑いながら、路次を出た。そして角の墓地をめぐって、ちょうど先生の庭からおりて行けるようになっている、裏通りの私達の昔しの塾の迹《あと》を尋ねてみた。その頃の悒鬱《むさくる》しい家や庭がすっかり潰されて、新らしい家が幾つも軒を並べていた。昔しの面影はどこにも忍ばれなかった。

今は私も、憂鬱なその頃の生活を、まるで然《そ》うした一つの、夢幻的な現象として、振返ることが出来るのであった。それに其処で一つ鍋の飯を食べた仲間は、みんな死んでしまった。私一人が取残されていた。K—はその頃、大塚の方に、祖母とT—と、今一人の妹とを呼び迎えて、一戸を構えていた。

私達は神楽坂通りのたわら屋で、軽い食事をしてから、別れた。

数日たって、若い未亡人が、K―からの少なからぬ手当を受取って、サクラをつれて田舎へ帰ってから、私達は銀座裏にある、K―達の行きつけの家で、一夕会食をした。そしてそれから又幾日かを過ぎて、K―は或日自身がくさぐさの土産をもって、更《あらた》めて私を訪ねた。そして誰よりもK―が先生に愛されていたことと、客分として誰よりも優遇されていた私自身が一つも不平を言うところがない筈だことと、それから病的に犬を恐れる彼の恐怖癖を、独得の話術の巧さで一席弁ずると、そこそこに帰っていった。

私は又た何か軽い当味を喰ったような気がした。

一昔

木山捷平

■きやま・しょうへい　一九〇四〜六八
岡山県生まれ。主な作品『苦いお茶』『大陸の細道』
初　出『作品』一九三四年五月号
初収録『河骨』（昭森社、一九四一年）
底　本『木山捷平全集』第一巻（新潮社、一九六九年）

春雨の降る晩、私は不要の書物を整理してしまおうと蜜柑箱の本箱をひっくりかえしていると、底の方からもう表紙のこわれた新潮社版の啄木全集が出て来た。それは私の十年以前の言わば愛読書の一つであるが、手にとってぱらぱらめくっていると、中から二つ折りになった紙片が落ちた。拡げて見ると、小学生用の綴方用紙に書いた綴方で、もう余程鉛筆の文字はうすれていたが、私は電燈の下にのぞけて、用紙を適当に動かしながら読んで見た。

赤とんぼ　　　　尋三　矢川真武

僕は昨日、出石《いづし》川の川原に行つて遊んでゐると、赤とんぼのつながつたのがとんで来ました。僕はいそいで帽子をとつて、おつかけました。とんぼははねがあるので、つかまりさうになると、すつと上へあがつてしまひました。それで僕が見てゐると、とんぼは又おりて来ました。こんどは僕はやけになつておつかけて、新橋の下のところで、やつとつながつたまゝとつてしまひました。

私はじめ、うすれた文字にばかりに気をとられて、却って気がつかなかったが、全文の各行には赤インキで圏点《けんてん》が一面につけられ、標題の上には大きく「甲上」とつけられてあった。しかも、赤インクの方は殆ど変色を見せていなかった。そしてその乱暴なほど威勢のいい筆蹟は、何のまがいもなく何年か前の私自身のものであった。

当時、中学を出たばかりの私は、山陰但馬《たじま》の出石という小さな城下町で小学教師をしていたのである。それは私の十九の年のことであったから、もう一昔も前のことだが、私は多忙にまぎれて忘れ勝ちでいたその頃のことをふりかえって見た。山と山とにかこまれた千軒ばかりの町はずれに建っている凹字形の古びた校舎と、大きな檞《かしわ》の木のある運動場で遊んでいる子供達が、はるか胸の彼方に思い出された。

私は煙草に火をつけて、その運動場の子供達の群れの中に矢川真武を捜した。が、どういうものか、この綴方の作者の容貌はなかなか現われて来ないのである。少しじれったくなった私は、いやに煙草を胸にすい込んで、空間に吹きかけた。するとひょっこり、下唇に黒いほくろのある丸顔の柔和な顔がうかんで来た。

「あ、あの子だ、あの子だ」と私は心の中で叫んだ。矢川真武などという本名のかわりに、ボクちゃんと言った方が私の記憶には早分りだったのである。それは誰のつけた渾名であったかは覚えないが、子供達も皆そう呼んでいたし、自身でもそのつもりでいたから、教師の私も自然そう呼んでいた。幼い時に家庭でよびならした愛称でもあったろうか。

ボクちゃんは学科の勉強は上出来という方ではなかった。が、手工とか図画とかは級中で図抜けてうまかった。何時《いつ》か郡の大展覧会があった時、ボクちゃんの出したクレイヨン画は、時の審査員（出石女学校の図画の教諭）に認められて一等の金紙が貼られたが、その絵を私は今でも思い出すことが出来る。それは「末本先生」と題して私を描いたもので、その毬栗《いがぐり》坊主、尖った口、怒っているような目、よく当時の私を描きあらわしていた。

が、このボクちゃん、一口に言えばお行儀がよくなかった。別にたいして悪戯をする訳ではなかったが、小学生としての規律が守れないのである。例えば、小学校では毎朝朝会というものがあって、尋常一年生から高等二年生までの生徒が校庭に並んで奉安庫に最敬礼をしたり、校長の訓話をきいたりする。そんな時、きちんと整列して横見をしたり無駄口をきいたりする生徒のいない級は、つまり教師の訓練が行き届いたことになり、成績がよいとされるのである。その筋の役人が視察に来た時でも、先ずその学校の朝会を見て学校の甲乙を判定してしまうのである。ところが、私の教えている級の朝会は甚だ以てよくなかったのである。

「こら、こら、三年生の男生の並び方は曲っておる。二年生よりも、一年生よりも下手だぞ」

　毎日のように生徒は校長から叱られた。生徒が叱られるのは受持が叱られるも同然で、赤恥を天下にさらされているようなものである。時には直接校長から今一段と訓練に留意するように、忠告されたことも一再ならずあったが、なかなかそれは新米の教師の思うようになるものではない。第一、九つや十の子供を十分も十五分も兵隊のように不動の姿勢で整列させるなんて無理な注文だし、それを尤《もっと》もらしくやらせておくには余程のからくりが必要なのだが、私はそれを知らなかった。私の受持の中から先ず私語が起ると、それは悪貨が良貨を駆逐する勢いで、つぎつぎに頭が動き列がみだれる、と言う工合である。と、間髪を容れず、

「誰だ？　ものを言っとるのは！　三年生の男生！」

と、校長の怒声が下るのであった。ところで、その私語や横見の源をつくるのは殆ど決ったようにボクちゃんなのであった。私は時にたまらなくなり、教師根性を出してよびつけて注意を与えると、ボクちゃんは悪びれもせずに答えるのであった。

「じゃちうて、校長さんの話は、毎日おなじことで、ちっとも面白うないんですもの」

それは私もとくと知っていることなので、そう言われればそれ以上叱りようはないのである。結局私は無垢爛漫のボクちゃんに負けてしまうのであった。そこを何とかうまく誤

魔化すのを教育というのであろうが、それの出来ない初心な教師の下に、ボクちゃんを筆頭に私の受持の級は日に日に不良学級になって行った。それと同時に校長や同僚の目が私を侮蔑するにつれ、私は益々不良の生徒が可愛くいじらしくなって行くのであった。生徒は生徒で私になついた。

それはそれとして、ボクちゃんには妙なところがあった。或る日、授業中に便所へ行きたいと言うので行って来いと言うと、早速とび出して行った。が、その時間の終業の鐘がなってもなかなか帰って来ない。どうしたのかと思って気にしていると、次の時間になって平気な顔をして戻って来た。

「長い便所じゃのう！」と、私が言うと、

「…………」ボクちゃんは黙ってうなずいた。

「ウンの方じゃったんか？」

「ううん」

「どこの便所へ行った？」

「うちへ帰《い》んでしましたんじゃがな」

「何で、学校のでせんのじゃ？」

「じゃちうて、学校のですりゃ、出んのですもの」

家から学校までは十丁ばかりもあったろうが、その後何回も、ボクちゃんはこの習慣を改めようとはしないのであった。

全くボクちゃんは途方がないのである。或る時、ボクちゃんたちが放課後二階の教室の掃除当番をしていると、何の拍子でか雑巾バケツがひっくりかえって、床の上に流れ出た。あわやと言う間もなく水は階下にこぼれ落ちた。階下は教員室であったので、しかも運悪く校長が書類をつくっている机の上がぽとぽとと濡れてしまった。私情も加わって校長は早速自らボクちゃんを引っ張って来て怒鳴りつけた上、教員室の一隅に立たした。

ところが小一時間も経った頃、突然ボクちゃんは朗らかな声を出して叫んだ。

「まだ、帰《い》んじゃいけないんですか？　校長さん」

「何？」

「僕、帰にたえ」

「帰にたいちうて、掃除をせんと剣舞をしたりしとった者は晩まで帰されん」

「じゃちうて、僕、知らん間にこぼれとったんですもの」

「知らん間にこぼれる筈はない。あばれとったんじゃろう」

「でも、帰にたえ」

「駄目だ！」

「でも、帰にたえ」

「駄目だと言ったら駄目だ！」

「でも僕、うんこがしたいんです」

そして、ボクちゃんは教師達の爆笑裡に帰宅を許されてしまった。おかげで、事によったら校長と一悶着起し兼ねない気配で、てぐすねひいていた私も、ほっと胸をなでおろしたのである。

そのボクちゃんは教室へよく草花を携えて来た。薔薇だの、百合だの、蝦夷菊だの、桔梗だの、等々が時々黙って教卓の上に置かれてあった。私はそれを学校一の不良学級の窓際にかかっている花差しにたててやるのであった。その度に教室が生々とした新鮮さを加えて、授業をするのにも精が出るように思えた。

或る朝何時ものように教卓の上に黄色い花石榴《ざくろ》の花の置いてあるのを認めた私は、

「ボクちゃん、お前は又綺麗な花を持って来たが、こんな花は何処《どこ》に咲いとるんだ？」

と、訊いて見た。

「家に作っとるんです」

と、ボクちゃんは答えた。

「ボクちゃんがか？」

「いいえ、家のひとがです」

「ああ、そうか」

ボクちゃんの家は花屋ではなく呉服屋だった。だから私はわざわざ花屋から買って来たりするのではないかと、ひょいと、そんな懸念を起して質《たず》ねて見たのであった。

それから何日か経った或る日の放課後、私はせせこましい教員室の喧噪を避けて生徒の帰った静かな教室で本を読んでいると、ひょっくり廊下の扉が開いてボクちゃんが顔をのぞけた。

「何だい？　いまごろ？」

私は目をあげて尋ねると、ボクちゃんはちょこちょこと自分の席に走り寄って、中から小さな包みをとり出して示し、

「これ、忘れたので、とりに来たんです」と答えた。

「それ、何だい？」

「弁当箱ですがな」

ボクちゃんはそう言いながら、悪びれもせず私の卓に近づいて来た。そして、ほくろのある赤い唇をほころばせて尋ねた。

「先生は何しとりんさりますじゃ？」

「先生は勉強しとるんじゃ。ボクちゃんはもう勉強すんだか？」

「ううん」

ボクちゃんは一寸《ちょっと》てれくさそうに、私の本の上に視線を落していたが、

「僕は、夜さりしますじゃがな。姉さんに教わり教わり……」

と、つけ加えた。で、私はたずねた。

「ボクちゃんには姉さんがあるのかい？」

「ええ、先生はまだ知りんさらんのか？　何時も僕に花を切ってくれるのを」

「知らん、どんな姉さんじゃ？」

「どんなって……、それ、先生、何時か僕に傘を持って来てくれた時に、先生は見んさりしませなんだか？」

山陰は気候の変化が実にはげしい。朝はからりと晴れていたのに、午後になると急に降り出すようなことが度々である。そんな日の放課時には生徒の母親や姉たちが傘を手にして教室の昇降口に並んで子供を待ちうけている。瞬間、私の胸にその情景がうかび上って来たが、誰が誰の母やら姉やら記憶のあろう筈はなく、

「見なんだ」

と、正直に答えた。するとボクちゃんは不思議そうな目つきをして言った。

「だけど、先生、姉さんはよう知っとりますぜな」

「そうかい」

「それでな、姉さんな、おさらいの時、僕によう先生のことをききますじゃがな」

「どんなことを？」

「どんなことって、……先生は何処に下宿しとりんさるかとか、どんな本を読んどりんさるかとか……」

「どんな本て、こんな本じゃが」

私は卓の上の本の頁をぱらぱらとめくって見せると、ボクちゃんは、

「これ、何の本？　むずかしいな。うちの姉さんな、言うとったですぜ、先生は学校中でいちばん頭がええんだって」

「そうか。は、は、は、は」

賞められれば、それが子供であっても、凡人はうれしいもので、私はてれかくしに高笑いをしてその場はそれですました。

それは九月頃のことであったが、（書き忘れていたが私は四月に赴任したのである）それから何日か過ぎたある晩、それは郡の展覧会でボクちゃんが一等賞を貰った後であったから、多分十月頃であったろう。ああそうだ。その晩は町の氏神様の夜宮で、太鼓の音が

遠くから聞えていた。私は宿直で、まだ寝るのにも早いので、職員室に電燈を煌々と点《っ》けて、火鉢を股にして一人で退屈していると、突然窓の下で私を呼ぶ声が聞えた。耳をすますと、

「末本先生！」

と、又聞えた。今頃誰であろうかと、ガラス窓を開けて覗くと、半月の光を背にして小さな子供が立っているのだった。

「誰？」

と、私はたずねた。

「僕です」

その声で、私はそれがボクちゃんであることを知った。

「誰かと思うたらボクちゃんか。遊びに来たんか？」

「ううん、今お宮へ参って来たんです。それでな、これ、先生にあげますって」

ボクちゃんは窓の下から紙の袋をさし上げた。私は無意識に上から手をのぞけてそれを受取った。見ると、紙袋の中にはまだほやほやの茹栗が一杯はいっているのだった。

「おや、これはこれは。だが、上げますって、誰が？」

と、私はたずねた。

「うちの姉さんが」

「姉さんが？」

私は反射的にそう言って、何時かボクちゃんが、先生は学校中で一番頭がいいと伝えた「姉さん」を思い出した。妙に変な気がすっと流れた。私は何か言おうとすると、ボクちゃんは忙しそうに少しどもりながら、

「それでな、姉さん、あそこの檜葉《ひば》の枝を貰うてええかって……花生けにしたいんで欲しいんですて……」

と、せき込んでたずねた。が、私は何のことやらすぐには合点が出来ず、

「ああ、ええ、ええ」

と、いい加減な返事をすると、ボクちゃんは早速くるりと後向きになって校門の方に駆け出した。私はその早業にぽかんとしてその後姿を見送っていると、

「末本先生、ええって、貰うてもええって、取ってもええって、姉さん――」

走りながら叫ぶボクちゃんの声が薄明りの中から聞えた。見ると、校門の傍には別な大きいもう一つの影が立っているのであった。と、その影は校門の側の灌木などの植えてある学校園の中に吸われるように入って行った。私はやっと、其処には何とかいう珍しい檜葉のあることを思い出し、ああの葉が欲しいというのかと、余所事のようにその方を眺

めていた。

が、やがて、その影は灌木のしげみの間から、再び校門の小さい影の方に戻って来ると、もう一度ボクちゃんの叫び声が響いて来た。

「センセエ、サヨウナラ」

私はそれに答えるつもりで、窓から右手をのぞけて大きく振った。と、その時大きい方の影も私の方を向いて頭を下げてお辞儀をする所作が、だんだん戸外のひかりになじんで来た私の目にはっきりと映った。

しかし、私はそれから間もなく、とうとう校長や同僚との感情の疎隔が嵩じ、半ばは強制的に半ばは自発的に学校を辞めてしまった。日増しになついて来た教え子達には流石《さすが》愛着が残ったが、一方私は若い希望に燃えて決然と東京を指して出発した。その張り切った気持の中で城下の町を去った私は、それきりボクちゃんの姉さんを真正面に見る機会を失ってしまった。

そうして、あわただしい十年の歳月が流れたのである。指を折って数えて見ると、ボクちゃんはもう徴兵検査を受ける青年になっている筈だし、その姉さんはもう三十の年増ざかりになっている筈である。当時のボクちゃん位の子供さえある頃だ。けれども私は、そんな姿を今想像することは出来ない。私の胸に泛《うか》んで来るのは、ただ一度半月の光の下で見た、その細っそりとした黒い影だけである。

あにいもうと

室生犀星

■むろう・さいせい　一八八九〜一九六二

石川県生まれ。主な作品『愛の詩集』『蜜のあはれ』

初　出　『文藝春秋』一九三四年七月号

初収録　『神々のへど』（山本書店、一九三五年）

底　本　『室生犀星全集』第五巻（新潮社、一九六五年）

赤座は年中裸で磧《かわら》で暮らした。

人夫頭である関係から冬でも川場に出張っていて、小屋掛けの中で秩父《ちちぶ》の山が見えなくなるまで仕事をした。まん中に石でへり取った炉をこしらえ、焚火で、寒の内は旨い鮒《ふな》の味噌汁をつくった。春になると、からだに朱の線をひいた石斑魚《うぐい》をひと網打って、それを蛇籠《じゃかご》の残り竹の串に刺してじいじい炙った。お腹は子を持って撥《は》ちきれそうな奴を、赤座は骨ごと舐《ねぶ》っていた。人夫たちは滅多に分けて貰えなかったが、そんなに食いたかったらてめえだちも一網打ったらどうだと、投網をあごで掬《しゃく》って見せるきりだった。

赤座は蛇籠でせぎをつくるのに、蛇籠に詰める石の見張りが利いていて、赤座の蛇籠といえば雪解時の脚の迅《はや》い出水や、つゆ時の腰の強い増水が毎日続いて川底をさらっても、大抵、流失されることがなかった。石積舟の上で投げ込む蛇籠の石を見張りしている彼は蛇籠の底ほど大きい石で固め、あいだに小型の石を投げ込ませ、隙間もなくたたみ込むように命令した。

投げ込む石はちから一杯にやれ、石よりも石を畳むこちらの気合だと思え、ヘタ張るならいまから襯衣《シャツ》を干してかえれ、赤座はこんな調子を舟の上からどなりちらしていた。てめえの褌《ふんどし》は乾いているではねえか、そんな褌の乾いている渡世をした覚えはないおれだから、そんな奴はおれの手では使えない、赤座はそんなふうで人夫たちの怠気を見せる奴をどんどん解雇した。朝日が磧の石をまだ白くしない前に、いつもその日の人夫だちの出足を検べ八時が五分遅れていても、

——なあ、おれにもお法度があるというものじゃないか。

そういうと仕事の割宛をしないで、その日はそんな人夫を使おうとしなかった。道具をかついで人夫は磧から土手へ、土手からいま出て来たばかりの家へもどらねばならなかった。そんな奴をふりかえりもしないで、七杯の舟に石積みの手分けをし、蛇籠止の棒杭を打つものを裸で水の中へ追い込み磧では蛇籠を編む仕事をひと廻り査《しら》べると舟を淵の上にとめて水深に割宛てられる蛇籠の数をよんでいたりした。そういう赤座の持舟のなかに長い竹の柄のついたヤスが一本用意されてあって、新鱒が泳ぎ澄んでいて、水とおなじ色をしているのを目にいれると、そのヤスの柄が水深一杯にしずみ込んでゆき、さらに五寸ばかり突然にぐいと突きこまれたなと見ると、嘘つきのような口をあけたぎちぎちした鱒のあたまの深緑色が、美《み》ごとな三本の逆さ鉾《ほこ》の形をしたヤスの尖《さき》をゆすぶりながら刺されていた。その尾のさきで腕ッ腹を叩かれたらしびれて了《しま》うといわれた川鱒も、赤座の拳でが

んと一つ張られると、鱒は女の足のようにべっとりと動かなくなるのであった。

人夫だちは川底の仕事ですら胡魔化しが利かずに、赤座の眼《が》ンの中で水をくぐり呼吸を吐きに浮び、また水の中にもぐって行った。若葉の季節は水の底もそのように新しい若鮎やはぜや、石まで蒼む快いしゅんであったから、赤座はかんしゃくを起すと自分も飛び込んで行って、人夫のからだを小づいたり頭を一つひっぱたいたりして瀬すじを絶つ工事に一番かんじんな底畳みに大きな石を沈ませるのであった。水の中ですら赤座の嗄声《しわがれごえ》が歇《や》まずにどなり散らされた。どんな速い底水のある淵でも赤座はひらめのようにからだを薄くして沈んで行き、水中の息の永い事は人夫達も及ばなかった。人夫たちは水の中で怒った形相をこわがったが、水の中からあがると何時《いつ》も機嫌がよかった。川のぬしであるよりも、自分でつくった池くらいにしか、川の事を考えていなかった。

小屋掛けに月に二度の銭勘定の日には、赤座の妻のりきがたずねて来たが、これはみんなから嬶仏《かかあぼとけ》といわれるほど、ゆったりと物わかりのよい柔和な女だった。りきはいつも赤座をあんな人だからあんな人と思うてつき合って下され、いくらそとから言ったってだめだから聞きたくないことは聞かなくともよいからと、てんで赤座をあたまごなしに説ふせているが、赤座はりきにかまいつけないで、ふんとか、うんとか、それだけ言葉みじかに返辞をするだけだった。銭勘定は磧仕事には稀《めず》らしいくらいきれいに支払われ、吝《けち》な端たを削ることなぞしなかった。りきが請負の後払いを先に廻すことに人気を得て、勘定日にせんべいやお芋の包みを持って土手のうえに姿をあらわすと人夫たちはみんな手を振って迎えた。お茶の三時にはりきを取りかこんで荒男たちが元気にべちゃくちゃしゃべり、りきの手から貰う金を着物に入れたり手拭につつんだりして、磧が一杯に声をそろえて、賑うてくるのであった。赤座はりきから報告をきくだけで金のことは永い間の習慣で、委《まか》せきりであった。赤座は仕事だけをしに来ているようで、用事のない三時にも磧と磧を二分している流れとを、見つめているにすぎなかった。日光の中で仕事をしつづけている人間は、眼の中にまで日焼けがしているごとく赤座の眼もそのようであった。そのような眼はただ川仕事をするだけに生れついているようであり、雨つづきの出水の日にもわざわざ出場《でば》まで行って、濁ってぶつぶつ泥を煮ている川水を眺めていた。そんな時に濁った赤座の眼は悲しそうにしぼんで、濁流のなかに注ぎ込まれているようであった。繋いである舟は岸とすれすれに波に押し上げられ、小屋はきれいに流されてしまった泥波の立った磧は、赤座なんぞのちからや命令がどんなに仲間のあいだにはばが利いても、出水の勢いには叶わなかった。七つの時から磧で育ち、十五で一人前の石追いができ、蛇籠の竹のささくれで足を血だらけにして育った赤座は、出水の泥濁りを見るたびにおそろしいもんだなあと思うが、どうしてそんな出水が恐ろしい百数十本のせぎの蛇籠を押し流してしまうかが分らなかった。二十ころから一本立になっても蛇籠のこしらえは一年ともたないで流されてしまうが、やっと川底の分だけはいつも残っていてそれだけでも仲間では「赤座の蛇籠」としてほめられていた。

赤座はりきが勘定をすましてかえろうとすると、

——もんちは帰って来たか。

と、感情をあらわさないで、なんでもないことをそういうように聞いた。

——かえってこないんです。

——伊之助は仕事に出たか。

——あれきりふて寝しているの。

——もう用はないよ。

赤座はそうりきにいうと、持場についた人夫だちのほうに向いて歩き出した。肥った赤座は肥った人がどっしりと歩くくせがあるように、磧の上に逞しいからだを搬んで行った。

赤座には三人の子供があった。子供は子供であるが、長男の伊之は二十八になり石屋に年季を入れ一人前になっていたが、怠者のうえに何処《どこ》でどう関係をつけるか、しょっちゅう女のことで紛紜《ごたごた》が絶えなかった。渡りの利く石職工でも伊之は墓碑の文刻に腕が冴えていたから、克明にさえ働けば金になったが、一週間か十日間も働きつめるとその金を持ったきり、二三日は帰って来なかった。妹のもんの言いぐさではないが浅草あたりの電車や自動車がごうと鳴って聞えるのでしょうと言っていた。三日も経ってかえると又仕事を始めその金が手にはいると、またすぐ出掛けて了うのであった。りきの吐言《こごと》なぞてんで耳に入れず、赤座は日が暮れなければ仕事からかえらないので、晩は旨く親父と顔を合すことを避けて外に出ていた。

伊之の下に妹が二人いて姉はもんといい、みんなから愛称をもんちと言われていたが、下谷《したや》の檀塔寺に奉公しているうちに学生と出来てしまい、その子供をはらむと、学生は国にかえってしまい文通はなかった。ぐれ出したもんは奉公先で次から次と男ができ、こんどは小料理や酒場をそれからそれと渡り歩いて半年も帰って来なかった。帰って来ると乱次《だらし》なく寝そべって何かだるそうに喘いでいるような息づかいで、りきをあごで使っていた。りきは口吐言をいいながらも、この子はつまらないことで苦労しているが、いい加減にしないかといい、半分は顔を見るのも厭《いや》そうにしながら、半分はきつく憐れがって食べたいものを作ってやり、睡《ねむ》れるだけ睡らして置くのだった。実際、もんは睡足りたということもないほど顔が真青になるまで睡ていた。りきはそんな草臥《くたび》れがよく解る気持がし、兄の伊之が外泊りでかえってくると、やはり終日打通《ぶっとお》しでからだに穴の開くほど睡ていた。かれら兄妹は起きると、目をほそめ未だ草臥れののこる懶《だる》いからだを片手でささえながら、母親の手まめにうごく姿を珍らしくもなく眺めるだけであった。伊之はこの母親が死んだらこの家には居られないと思うときだけ、りきが働きつめで打倒れでもしなければよいがと、母親の顔をちょっとの間身にしみて見るのであった。だが、そんなことはその間だけですぐ忘れてしまった。

もんはこんなことを言ってそれが一番かんじんなことであるように、

――お金の心配だけはさせないわ。

と、母親にいうのであった。

漸《やっ》と一年も経って学生であった小畑が赤座の家にたずねて来た時は、もんは五反田の何処かに勤めていたが、例によって所番地は知らないので尋ねようがなかった。その代り月にいちどは帰宅するからというのだ。りき一人でこの問題の解決のしようがなく磧の出場に行って赤座にこの話をした。赤座はだまって小屋から出ると、りきと一しょに土手の上に登り、土手づたいに近い自宅へいそいだが、りきは対手《あいて》が若い学生のことであるから手荒なことをしないでいてくれるように言った。

――多分、子供の始末をつけに来たんでしょう。まだ、子供が生きているとでも考えているのじゃないか知ら。

――すれた男に見えるか。

——まるで坊ちゃんです。

赤座は小畑と対《む》き合うたが、赤座の体質風貌の威圧で小畑はすぐものがいえない風であった。赤座は端的に用件を手早く言っていただきましょうと言ったきり、むっつりと黙り込んでしまった。小畑は今まで打っちゃっておいて上れた義理ではないが、国の親父に禁足同様にされていて抜け出す隙がなかったのだと言った。こんど上京していろいろの費用を負担させて貰い、それを自分だけの良心のつぐないにしたいと言ったが、肝心のもんと一緒になるとか、もんに逢わせてくれとかいうことを一言もいわなかった。却ってもんがいないのがこの男に都合のよいごたごたを避けさせているように、赤座はすぐ見ぬいて了った。も一つ弱そうな学生あがりに見えるこの青年の実直そうな容子《ようす》とは反対にこういう男だから一年の間どんな手紙をやっても、返辞一本出さずにいる根気よさと、つッ放しの腰をすえることができたのだと、蒼白い顔にりこうそうに覚悟をきめてしゃべっている小畑を、こいつ馬鹿でない掛合をもって来たと思った。

——子供は死産でした。もんはあれから、やぶれかぶれです。

赤座はこれだけいうと、驚いて眼をきょとんとさせた小畑につつみ切れない面倒くささから脱けたほっとした気持を感じることができ、赤座にはそれがすぐ分って野郎旨くやりやがったと思い、遠い多摩まで足を搬んだ甲斐があったろうと、そう彼はだぶだぶの腹の中で思った。おもんさんはいま何処にいるのでしょう、よかったら居所を知らしていただけないでしょうか。僕はあやまりたいことも沢山たまっているので、それをあやまってさっぱりした気持になりたいのですと、勢いを得た妙な昂奮した語勢で小畑は言ったが、赤座はこの青二才いい気になっていると、見え透いた彼の安堵した気持が、頭をあおって来た。もんの腹に子供があるとりきから聞いた時のぐらぐらした厭な気持をもてあつかったあの時分の、磧仕事の出場の不機嫌を蹴散らすことができずに、どれだけ小者人夫に拳や頬打ちを食わしたか分らなかった。赤座は狂《つか》れているのじゃないかと蔭口を叩かれるほど、そこらに気持をおちつけるところがなかった。

もんは奥の間で寝たきりであった。娘がハッキリと誰かにおもちゃにされ負けて帰って来たと、考えると、負けたことのない赤座はもんの顔を見たくもなかった。道楽者の伊之はああなることは始めから分り切っていることだ、だからおれは家から女を放すことは危ないと言ったのだと、りきを暇さえあればいじめた。りきはいじめられたきりで黙っていたが、伊之が時々汚ない物をひっくり返すようにもんの寝床に立ち上ったまま、大方、にやけ野郎にベタついて、子供時分のよだれをもう一遍垂らしやがったので、臍《へそ》の上がせり出したのだろう。狗《いぬ》だか椋《む》鳥《く》だかわけの分らないものをへり出す前に、何とか、悧巧にかたをつけたほうがいい、羅紗《ラシャ》くさい書生っぽのヒイヒイ泣きやがるガキの卵の夜啼《よなき》なんぞ聞くのはまッ平だと、頭痛で氷でひやしている枕上でどなるので、りきはわざわざ伊之にあんまり口がすぎるよ、お前の知ったことじゃないから此方に来ていてくれと言っても、近頃外の女との間のうまく行かない伊之は何の腹いせだか、怒鳴ることを止めなかった。親身の兄妹のにくみ合う気持はこんなに突ッ込んで悪たれ口を叩くものかと、母親は惘《あき》れてものがいえないくらいだった。伊之は続けさまにその顔《つら》つきでいちゃつきやがったかと思うと、おら、へどものだ、しかも対手の野郎はてめえより十倍がたりこうと来ているから、舐ってしまったらあとに用のない女と随徳寺《ずいとくじ》をきめこんだ、全く年中そのつらを見ている奴もたまらないからなあ、名前もいわなければ国のところもいわず野郎は野郎でうんともすうとも言ってこないじゃないか。そんな野郎をかばいやがっていいとしがるなんてこん畜生ア、まったく惚れたんだか抜けやがったんだか知らないが方図のないあまッちょさ、腹ん中の餓鬼がどんどんふとりやがって図に乗ってぽんと飛び出した日にゃ、世間じゃ誰あって対手にしてくれるものはなしさ、餓鬼をつれて土手から乗合に乗って東京のまン中へでも行って、どこかに蛙のようにつぶれてしまうかしなければおさまる代ものじゃないと、自分で調子づいて毒舌の小歇《おや》みもなかった。りきが止めると又カッとなってお母あもお母あじゃないか、こんなしたたか者を生みつけておいていまさらおれの口をふさごうなんて、女らしくもないことさ、妹のさんのことをおもうとおらさんが可哀そうなくらいさ、

——伊之は末の妹のさんが気まじめに奉公先にいて時々履物なぞみやげに持ってかえることを、ほめていうのであった。さんの話が出るとみんな黙ってさんのことを考えていた。あんな温和《おとな》しい子供もいるのに、伊之よ、お前のように仕事もしないで朝から父さんの米さ食べてがんがん言っている人もいるんだ、怒っていいときとわるい時とがある、いまは、もんをとッつかまえて怒るときではないのだもの、怒ってよかったら父ッさんに怒ってもらえばいいのだ、父さんはだまっていなさるのだもの、皆もだまってもんをしずかにしてやらんならんじゃないかとりきは持前の声のやさしい割に人の頭にくい込むような言葉づかいでたしなめるのであった。もんはもんで寝床のなかで頭痛で顔をしかめながら、兄さんだってあひると同じで生み放しにしておいて母さんにあと口を何時もふいて貰ってばかりいるじゃないか。裏の戸口まで女を引きずり込んでいてとうとう父さんに見つかったのを、あたしがふらりと出てやってさ、そとの女の姿を匿《かくま》ってあげたときぁ、暗いところで手を合せてお礼をいったくせに、こんな弱っているあたしを犬の仔かなにかのように暇さえあれば汚ないもの扱いも大概にして頂戴、兄さんにたべさしてもらっているんじゃあるまいし、何かのくせにぶりぶりして突っかかったりして、あんまりひどいわ。お腹の方のかたがついたらあたしゃ費用《かかり》はどんなことをしたって償うつもりです。それを機会《しお》にもういっさい母さん父さんに心配はかけないわ。だから、わたしのからだに傷がついたのをきっかけに、あたしのからだをあたしが貰い切ってどんなにしようが誰からも何にもいわれないつもりよ、父さんだって言ってたわよ、お前はお前でかたをつけろ、そんな娘のつらぁ見るのも厭だと言っていたわ。だから兄さんからそんな兄さんづらをされたって頭痛がするばかりで何にもこたえないわ。外の女の首尾が悪いからってそんな胆《きも》ッ玉のちいさいことで喚き立てると、一そう女に好かれないものさ。

赤座はこういうごちゃごちゃした一家のなかでむんずりと暮らしていたあの時分の弱った気持を考えると、眼のまえにかしこまっている洟《はな》を垂らしそうな青書生が、娘の対手とは思えない気もしていた。りきが手荒なことをしてくれるなと言ったが、だんだんそんな気がしないでこいつも可哀そうなどこかの小せがれだと思わずにいられなかった。その反対に帰りに土手の上におびき出して思うさまこん畜生を張り倒し、娘の一生をめちゃくちゃにしたつぐないをしてやろうかとも考えて見たが、青書生を対手にしていい歳をしてそんな手荒なことが出来るものではなかった。赤ん坊は死んでいるし娘も満更でなかった小畑のことだから、そっと帰してしまった方がいいように思われた。

――もんはあんたに逢いたくもなかろうから此儘引き取って貰いましょう。

赤座はこういうと仕事中だからと、もう立ち上って土間に降りて行った。そしてもう一度小畑の方を見ると、赤座は半分しょぼしょぼな顔つきになって、考えていることの半分もいえないような声で言った。

――小畑さん、もうこんなつみつくりは止めたほうがいいぜ、こんどはあんたの勝ちだったがね。

赤座は自分で言った言葉にすっかり参った気持になり、いそいで土手の上にあがって行った。晴れつづきの磧は、真白に光っているところと、雑草にへり取られた磧の隔《はな》れ隔れになったところと、さらにべっとりと湿った洲の美しい飴いろの肌をひろげたところと、それらの広茫とした景色は光った部分から先に眼にはいって行き、迅い流れをつづる七杯の仕事船が蝶の羽のように白く見えた。もんも伊之も、そしてさんもみんな舟仕事のあがりで育てられた。もんや、さんの生れがけの時分はりきは若くて先の優しいとがりを持った乳ぶさを持っていて、弁当のときにはその空をもってかえるまで乳ぶさをふくませ、摘んで食える茎を抜いていたりしていたのも、そんなに遠いこととは思えなかった。だのに娘はこどもを生み落すようになりその男と対き合っても正直に怒鳴る気さえ起らなかったのは、よほど赤座の心がこういう問題に弱りを見せているとしか思えなかった。りきにしても赤座の応待があんまり鷹揚すぎるのと、却って赤座自身が早くこの問題から考えをもぎ取りたいとあせっていることとさえ、察せられたのであった。あの人もよほど善くなり物わかりがよくなったと、りきはちょっと有難い気持にさえなったのだ。手の早い赤座は話の半分から殴ることしか考えなかった。殴ることがしゃべる十倍の利目《ききめ》があるということを、自然に一つの法則のようにしている赤座はりきにものを言うのに、少しの廻りくどさがあるとすぐに殴ることしかしらなかった。りきは殴られ通しだったがそれの数がすくなくなり、殴られると怖いぞという感覚がりきの頭にかげをひそめてから、だいぶ年月が経っていた。小畑にそうしなかったのがりきには嬉しく、小畑は憎み足りなかったけれど何の考えもなくやったことを、りきは、もんも悪いし小畑もわるいと考えていた。その考えの底を掻ッさらってみるとどうにかした縁のまわりあわせで、もんと小畑とが一緒になれないものかとそんなことも考えてみたが、もんはもうじだらくな、誰もとりつきようのない女になっていたから小畑にそのことを説くにも、小畑があんまり温和しすぎるので控えられた。りきは小畑を愛したもんの気持がだんだんわかって来るような気がし、小畑がかえって行くのが惜しいような気がした。

——こんど宿さがりをして来ましたら、あなたがおたずね下すったことをもんにそう言いつけます。

りきは母親らしくそんな柔しい言葉さえつい出してしまった。

——そして所を聞いておいて下さい。

小畑は金の包みを取り出し無理にりきの手におさめさせた。りきは小畑を送って出て、この人には一生会えないだろうと考えた。小畑も母親らしいりきに親しむことが快く感じられたので、ぐずついて直ぐに前庭から通りへ出ようとしなかった。りきが培うた夏菊とか芭蕉とかあやめとかを見ていて、夏咲く菊はどんな色ですかと尋ねたりしていて、変な懐かしさから別れられなそうに見えた。

りきは思わず尋ねてみるのであった。

——あなたはおいくつになるんですか。

——僕ですか、僕は二十四になったところです。

色が白くて神経質な小畑は年よりも若く見えた。もんと出来たのは二十三の春になる、もんと一つちがいにしかならないと、りきは考えた。りきが赤座のところに来たのは二十二の時で、あの時分まるきり女としての赤ン坊としか思えないほど、何も彼もわからなかった。小畑が一年経っても尋ねて来たのは誠意があるからであって、その誠意に気のつかなかった先刻からの自分が迂闊に思われ出した。まったくの悪い人間ならいまになってたずねて来るなどという頓馬な真似はしないであろう。

小畑は万年筆で名刺に所番地をこまかく書き入れ、それが自分の住所だからと言った。

——おもんさんに渡しておいて下さい。

小畑はそういうと田圃《たんぼ》道を土手の方へ、何度もあいさつをしながら若いせいの高いからだを搬んで行った。りきは茫《ぼん》やり見送っていた。悪い時には悪いもので二三日顔を見せなかった伊之がふらふら帰って来て、眼を細めて小畑を見ていたがもんの男であることを知ると、ひどく疲れて青くなっている顔にかんしゃくをむらむらとあらわした。そして小畑が家を出て田圃道から土手へあがると、りきに見られないように小畑のあとに跟《つ》いて行った。小畑も直覚的にもんの兄だなと感じ、その感じが急激に恐怖の情に変ってしまった。伊之はだまって一町ばかりついてゆき、軈《やが》て追いついてもきゅうに声をかけずに執念ぶかく、小畑と肩をすれすれに歩いて行った。赤座に肖《に》た伊之の顔は明るい動物的なかんしゃくで揉みくちゃになり、小畑は何時伊之が飛びかかってくるか分らない汗あぶらをにちゃつかす、底恐ろしさに足がすくんでしまった。早く声をかけてくれればよいと、考えても、意地悪な重なる嫌悪に気を奪《と》られた伊之は自分でもすぐに声の懸けられないほど切羽詰って、耳のあたりがぶんぶん鳴ってくるほどの腹立しさであった。

——きみ、ちょっと。

伊之の声はこれだけであったが、呼ばれたので小畑は助かったと思い、出来るだけ従順にこたえた。

——は、

——おれはもんの兄です。

伊之はこういうと小畑はまッ青な顔つきになった。きみに話をしたいことがあるのだ。そこに坐れ話があるからとほとんど命令するように言った。小畑は仕方なく土手の上に腰をおろした。

伊之はその後もんに逢ったかと小畑に言い、小畑は逢わないとこたえた。いったい、君はもんをおもちゃにして置いておれだち一家をさんざんな目に遭わせたが、それでよく家に来られたものだ、もんはおれが子供の時に抱いて一緒に寝てやり、夜中には小便に起して毎晩土間が暗いから尾《っ》いて行ってやったもんだ。もんはまるきり赤ン坊だった時分から何時も負んぶしていて、しまいに、もんの子守をしないと遊びに出られなかったものだ。おれはもんの十七くらいの時まで、もんの顔を見ない日はなくもんと飯をくわない日がなかった。もんのからだのどこに痣が一つあってそれをもんが大きくなるまで知らなかったことを教えたのもおれだ。おれともんとはまるで兄弟よりかもっと仲がよかった。てめえの子供を腹の中に持って帰った時はおれはもんをいじめ、もんに悪態のあるだけを尽し、しまいに犬畜生のように汚ながってやったものだ。母はあんまり酷い口を利くおれをそれが本統のおれのように憎み出し、おれを毛虫のように嫌い出しもんの方につくようになったのだ、そうしないと皆がもんを邪魔者にするからだ。おれはきっとてめえが尋ねて来るときがあることを見ぬいていて、そしたらてめいにもんとおれとがそんなに仲のよい兄弟だったことと、おれが赤ン坊から育てたようなものだということを知らせて遣りたかったのだ。てめえはただの書生っぽで、男に生れついているから遣るだけのことを遣ってしまったら、人夫風情の娘なんぞに既《も》う用はないだろう。有り勝のことだから打っちゃってしまえば訳はないだろう、だが、そうは旨く、うちの親父のようにきれいに手前を手前にもどすことは出来ないのだ。伊之はこういううちにも小畑の手首をいつの間にか摑んで、それをちから一杯に摑み返し逆にもみ上げたりしながら、目になみだをうかべて道楽者というものはこんな変な思い上りをするものかと思えるくらい、親身にぞくぞくした口惜しさに掻きむしられて、その眼のいろは対手に嚙みつかんばかりの口つきと一しょに尖って行き、小畑は摑まれた分からさきの手をしびれさせ、恐怖以上の境に追い詰められたまま、これから先どうなるのか、どういう手荒なことをされても拒めない自分から、どういうふうに遁《に》げ出したらいいかさえ考えつけないほど、伊之の言うままになりまるで馬鹿のようになっていた。

――きみはただあやまりに来ただけか。

――あやまるよりほかに言うことがないんです。

――もんをあのままに打っちゃって置くつもりか。

――逢ったら何とか二人で相談するつもりでいるのです。

――一しょになる気か。

――そうなるかも知れません。

――嘘つきやがれ。

伊之はカッとして小畑の頬を平手で撲《う》ちそのはずみに土手の上に蹴飛ばした。そんな乱暴なことをしないで口でいえば解るではないかという小畑を、伊之はちからに委せて一層烈しく頬打をくわした。てめえのような奴は此処でどんな酷い目に遭ったって一生碌《ろく》なことをしないことはわかっているが、これくらいのことは、もんのことを考えたら我慢していろ。もんはもう一人前の女にはならずに箸にも棒にもかからない女になって了ったのだ。けれどもてめえのような野郎と一緒になろうとは考えないだろう、そんな話を持ち込んだってもんは突ッ放してしまうだろう、もんはからだは自堕落になっているが気持は以前より確乎《しっかり》しているのだ。てめえが口説き落した生娘らしいものはもんの何処をさがしても捜しきれないだろうし、もんはそんな処女《おぼこ》らしいものはすっかり無くしているのだ、それは手前がみんなそうさせたのだ、手前さえ手出しをしないでいたら、あいつはあんな女にならなかったのだ。

――もう再度《にど》と来るな、そしてあいつを泣かせたりもう一遍だましたりおもちゃにしないことを約束しろ。

――全く僕が悪いのです。何と言われても仕方がないのです。

伊之は起ちあがると、対手があまり従順なので張合いが抜け、いくらかの気恥かしい気持で自分のしたことが頭に応えて来てならなかった。

――それではきみはもう帰れ。おれはもんの兄なんだ、きみも妹をもっていたならおれのしたことくらいはわかる筈だ。

――では。

小畑はいま伊之の言ったことばがよく解るような気がし、先刻とくらべると伊之の顔が穏やかになっているのを、ひどい目に遭ったこととまるで反対な好感をもって見ることが出来た。

伊之は何やら言いたいふうをしたが、小畑はそれが伊之自身のしたことで宥《ゆる》しを乞《こ》うものに考えられてならなかった。伊之はとうとう言った。

――町に出ると乗合がある。四辻で待てばいいのだ。

一週間の後《のち》もんはふらりと帰って来たが、折よく末の妹のさんも宿下りをして二人は赤座の小屋に弁当を持って行ったが、赤座は二人の姿を見たきり何ともいわなかった。珍らしい姉妹が同時にかえって来ても一言もくちを利かなかった。姉妹が土手の上をかえって行くのを二人が気のつかないうちに、赤座は少時見つめていた。

りきがこの間小畑がたずねて来たことを話したが、もんはその話をゆっくり聞いて別に驚くふうも見せなかったが、父さんはどう言って応待していたかとそれが気になるらしく、それだけを急《せ》き込んで聞いた。父さんは何にもいわず寧ろいたわるような調子だったというと、そう、わるかったわね、あの人はもう来なくともよかったのにと言った。そしてこんど伊之兄さんと会わなかったのとたずねたが、りきは会わなかったらしいと答えた。それゃ何よりだわ、あの人に会うとめんどうなことになったかも知れないもの、と、もんは安心してよこになり、そら眼をして、ちょっといい男じゃないの母さんと言った。バカ何をいまになっていうのだ、子供まで背負いこませた男のことをまだほめているなんて、いい加減にするがいいとりきは苦々しく言ったが、もんはあの男からあとに男ができてもあんなにあるたけのものを好きになれる男なんてなかった。小畑には有せるものでも他の男には有せないものがあり、小畑よりずっといい男であってもそのいい男すぎるのが気障《きざ》だったりして、ちょうどいい頃加減の小畑とくらべるともの足りないと言い、けれども小畑が来たって一しょになってやらないさ、好きなのは考えている時だけで会ったらあたしにはもう生ぬるい男になっているからと笑《そ》って言った。

さんは姉さんというひとはどうして左う男の人のことばかりをいうの。わたしにはそんなふうにずけずけ言えもしないし、考えていることの半分もしゃべれないわ。第一、男の人のことを話す材料がないんだものと言った。そりゃお前は何にも知らないけれど、あたしのようにすれッからしになると、みんな男のことわかるわ。男なんてきたないわ、隔《はな》れて考えていると汚ないけど、でも何時の間にか平常考えていることをみんな忘れてしまって、警戒するだけしたあとはもう根気のつづかないことがあるものよと言った。

伊之はお昼にかえって来るともんを見て、すぐ堕落女め、またおめおめと帰って来やがった、大方一週間くらい食いつぶして行くつもりだろう、みんなから飽かれないさきにさッさと帰って、どこかへ行って泥くさい人足どもを対手にして騒いでいた方がいいぜ、こう見えても此処は堅気な家だからそのつもりで家の中の風儀をわるくして貰いたくないものだと例の語勢で言ったが、さんは、兄さん久しぶりでかえって来た姉さんをそんなにひどく言うもんじゃないわというと、何だ赤ン坊のさん女郎、だまって引ッ込んでいろ、もんのような女はうんと遣っ付けてもそれで性根がなおるとか、悪たれ口に参ってしまうとかいうそんな生優しいしろ物じゃないんだから、よこ合から口をさしはさむだけ馬鹿を見るんだよ、――伊之はまたもんが睨むような眼付をしているのを見ると言い続けた。いったい何時まで気儘な稼ぎをしていて何時ちゃんとした正業に就くんだか、そんな曖昧な暮らしをしている間はここの家に足踏みをして貰いたくないもんだ。この間来やがった野郎にしても再度と来られる義理でないのに、図々しくやってきたのは此方《こっち》を舐《な》めているからだと言った。

――兄さんは小畑さんにこのあいだお会いになったの。

もんは、顔いろを変え、会わなかったと言った母親と、伊之の顔とを見くらべた。さんも、母親も喫驚《びっくり》した。

――会ったとも、かえりを見澄して尾けて行ったのだ。

――何をなすったの。

――思うままのことをして遣った。

伊之はにくたらしくもんの顔を見てから、あざわらいを口もとにふくんで言った。

――乱暴をしたんじゃないわね。

もんは息を殺した。

――蹴飛ばしてやったが適わないと思いやがって手出はしなかった。おら胸がすっきりとしたくらいだ。

もんは呆気に取られていたが、みるみるこの女の顔がこわれ出して、口も鼻もひん曲って細長い顔にかわってしまい、逆上からてっぺんで出すような声で言った。

――もう一度言ってごらん。あの人をどうしたというのだ。

もんは腰をあげ鎌首のような白い脂切った襟あしを抜いで、なにやら不思議な、女に思えない殺気立った寒いような感じを人々に与えた。りきも、さんも、こういう形相のもんを見たことがなかった。

伊之はせせら笑って言った。

——半殺しにしてやったのだ。

——手出しもしないあの人を半殺しに、……

もんはそういうと、きぁ、というような声と驚きとをあらわした喚きごえをあげると、畜生めとあらためて叫び出して立ちあがって言った。

——極道兄キめ、誰がお前にそんな手荒なことをしてくれと頼んだのだ、何がお前さんとあの人の関係があるんだ、あたしのからだをあたしの勝手にあの人に遣ったって何でお前がごたくをいう必要があるんだ。それに誰が踏んだり蹴ったりしろといったのだ。手出しもしないでいる人をなぜ撲ったのだ、卑怯者、豚め、ち、道楽者め。

もんは嘗《かつ》てないほど気おい立っていきなり伊之に摑みかかり、その肥った手をぺったりと伊之の顔に引っかけたなと見ると、伊之の眼尻から頰にかけて三すじの爪あとが掻き立てられると、腫れたあとのように赤くなり、すぐにぐみの汁のようなものが流れた。この気狂いあまめ、何をしやがるんだと伊之はもんの気に吞まれながらも、すぐ張り倒してしまった。もんはヘタ張ったが、すぐ起き上って伊之の肩さきにむしゃ振りついたが一と振り振られ、そのうえ伊之の大きな平手はつづけざまにこの色キチガイの太っちょめという声の下で、ちから一杯に打ちのめされた。もんはキイイというような声で、

――さあ、ころせ畜生、さあ、ころせ畜生。

と、しまいにぎぁぎぁ蛙のような声変りをつづけた。よし、思うさま今日は肋骨の折れるまで引っぱたいてやろうと伊之が飛びかかると、逃げると思っていたもんは、さあ撲《なぐ》れ、さあころせとわめき立てて動かなかった。

勿論、りきとさんは伊之を止めたが、それでも伊之はこん畜生このまま置くとくせになると勢い立ったが、気の弱いさんが泣き出したので伊之はそれ以上殴ることを諦めてしまった。

もんは聞かなかった。

――お前のように小便くさい女を引っかけて歩いている奴と、はばかりながらもんは異《ちが》った女なんだ、お前のごたくどおりにいうならもんは淫売同様の、飲んだくれの堕落女だ、人様にこのままでは嫁には行けないバクレン者だ、親に所もあかせない成下りの女の屑なんだ、だけれど一度有した男を手出しのできない破目と弱みにつけこんで半殺しにするような奴は、兄さんであろうが誰であろうが黙って聞いていられないんだ、やい石屋の小僧、

それでもお前は男か、よくも、もんの男を撲《ぶ》ちやがった、もんの兄キがそんな男であることを臆面もなくさらけ出して、もんに恥をかかせやがった、畜生、極道野郎！

もんはそういうと今度はひいひいという声で歔《な》き出してしまった。りきはこんどはもんに向い女だてらに何という口の利きようをするのか、もっと、気をつけないと隣近所もあるじゃないかというと、もんは、母さんは黙っていておくれ、こんな弱い者いじめの兄さんだと思わなかったのだ、こんな奴に兄ヅラをされてたまるものかと言った。

——まだ撲たれ足りないのか、じごくめ。

——もっと撲ちやがれ、女一疋が手前なんぞの拳骨《げんこつ》でどう気持が変ると思うのは大間違いだ、そんなことあ昔のことさ、泥鰌《どじょう》くさい田舎をうろついているお前なんぞにあたしが何をしているか分るものか。

伊之はもう一度飛びかかろうとしたが、りきに止められて仕事の時間に気づくと、いい加減に失せやがれとどなり散らして出て行った。

伊之が外に出ると同時にもんは歔き出した。りきはもんのたんかの切りようが凄じいのでもんがどういう外の生活をしているかが、想像すると末恐ろしい気がした。

——お前は大変な女におなりだね。

りきの声はきゅうに衰えているようで、もんの耳にはつらく聞えた。

――そうでもないのよ母さん心配しなくともいいわ。

――でも、あれだけ言える女なんてわたし始めてさ。後生だから堅気な暮らしをしてもっと女らしくおなり、まるでお前あれでは兄さん以上じゃないか。

――あたし、母さんの考えているほど、ひどい女になっていないわ、だけどあたしもうだめな女よ。

りきは小畑からの名刺を出して見せたが、しばらく見詰めたあと、こんなもの、あたしに用はないわといい細かく静かに裂いてしまった。そしてうつ向いてしくしく歔き出した。すっかり歔いてしまうと元のままのもんになり、横坐りをして自分で自分を邪魔者にするような、だるそうな顔つきをしてりきに言った。

――あたし妙になったのかも知れないわ。からだがだるくて。

――まさかお前またあれじゃないだろうね。

――まあ、

と、もんは笑って了った。わざとらしい笑い様がりきの心をしめつけた。そんなことだったら家へなんかかえって来ないわ、あたしこれでも母さんの顔が見たくなってくるのよ、悪いことをしても善いことをしてもやはり変に来たくなるわ、あんな、いやな兄さんにだってちょっと顔が見たくなることがあるんですものと、もんはそれを本統の気持から言った。

その時分、赤座は七杯の川舟をつらね、上流から積んで来た石の重みで水面とすれすれになった舟の上で、あと幾日とない入梅時の川の手入れを気短にいそいでいた。この仕事をやって退《の》ければ梅雨のあいだは休めるのだ。休むことの嫌いな彼は引きつづいて仕事を夏までのべでつづけよう、その気持のあるものは働けとどなっていた。

――仕事につくものは手を上げろ。

舟がせぎについた時に赤座は七杯の舟に乗っている裸の仲間に、元気のよい声で呶鳴《どな》って見せた。そういう時の赤座は上機嫌だった。みんな手を挙げて次の仕事に廻ることを賛成した。ようし、そのつもりでミッチリと働いて暑い土用に日乾しにならないようにするんだと、赤座はもう次に石を下ろすことを手早く命令した。鋼鉄のような川石は人夫の手からどんどん蛇籠のなかに投げ込まれ、荒い瀬すじが見るうちに塞がれ停められて行った。川水は勢いを削がれどんよりと悲しんでいるように暫《しばら》く澱んで見せるが、少しの水の捌《は》け口があると、そこへ怒りをふくんで激しく流れ込んだ。赤座はそこへ石の投げ入れを命じ大声でわめき立てた。そんなときの赤座の胸毛は逆立って銅像のようなからだが撥ち切れるように、舟の上で鯱立《しゃちこだ》って見えた。

馬喰の果て

伊藤　整

■いとう・せい　一九〇五～六九
北海道生まれ。主な作品『鳴海仙吉』『日本文壇史』
初　出『新潮』一九三五年十月号
初収録『馬喰の果』（新潮社、一九三七年）
底　本『伊藤整全集』第一巻（新潮社、一九七二年）

一

準平は鈴木三太のために、往還の泥のなかへしたたかに投げつけられた。この数日、降っては消えていた雪で、水飴のように光っていたその泥のなかへであった。しまった、と思ったときには準平の掌は、泥の底のざらざらする砂利を撫でていた。這いつくばったその恰好で、準平は身体の深いところからじいんと怒りの湧いてくるのを感じた。だが酔っていたせいで、起き上ろうとする自分の動作が妙にのろのろと、思いのままにならないのであった。糞っ、と思い、彼はそのまま泥のなかへ坐り込んで、自分の眼の前に立ちはだかったまま、はっはっと息をついている鈴木をじろりと見上げた。

「へっ、やりやがったな」と言って彼はにたりと笑ってみせたが、怒りは激しい波のように彼の全身に拡がって行った。やがてそれは白熱して透きとおるようなかあっとなっていながら物の姿が明確に写ってくる落ちつきに変って行った。これは幾度もの経験によって彼が知っている「本気」の状態であった。その中へ入ってしまうと、彼は怖いものがなくなってしまうのだった。卑怯なこと、汚いこと、何でも構わない、息のある限りはやって見せるぞ、という気持であった。そうすると彼は、さあ俺の張りに向って来れるか、と両肩の間へ落すようにした顔の、顎をつき出して、歯をむき、鈴木の大きな身体をじろじろと睨みまわした。

身体がしゃんと思うとおりに動かないのだけが気がかりであった。立ち上ったら上脊のある鈴木に投げられるぞとは思った。だが、喧嘩の勝負は決して投げるか投げられるかにないことを彼は承知していた。どこまでも、つまり生命の瀬戸際までやりとおす気でいるということを相手に感づかせて尻ごみさせるというのが準平のいつもの手であった。殴られることや投げられることは非力な準平にとってはたいていの場合避けられないことだった。ただそれを手際よくやってのけて、早く相手に手を引かせるようにしなければならないのだが、と見はかっていたが、自分ではまだと思っているうちに、どうしたのか準平はひょいと立ちあがってしまった。

「やるか。小生意気な真似をしやがって」とそこで彼は言ったものだ。ずっと遠くにあるような手足を突っ張ってみたが、どうなるかと気を呑んで立っている鈴木の前で、準平はあっちへよろけこっちへよろけして奴凧のようにふらつくのだった。おや俺は酔ったふりをしてるんじゃないか、結局これで手荒い眼に合わずにすむかもしれないぞ、と思ったが、そのまま彼は鈴木の腰のあたりへ蟹のような宙ぶらりんな恰好でしがみついた。無尻外套《むじりがいとう》を着た鈴木の腰のあたりは無闇に大きいばかりで摑まりどころがなかった。こいつは、と思った途端に準平の身体はふわりと空に浮き、古着の塊のようにばさっと泥のなかへまた投げ出された。

場所は小料理屋のつたやの前であった。ちょうど程近い停車場で隣の町から列車を下りた勤人や学生の一団が来かかって、この喧嘩を気味悪そうに遠巻きに見ていた。仲裁を買って出そうな柄の人間がないので、このまま放っておいたら生命のやりとりになるのではないかというような気持で皆は立ち竦んだ。赤けっとの下ごしらえの上にサクリを着込んだ準平は、泥の中ではねかえった魚のようにもう全身どろどろになり、唇が切れたらしく顎のあたりにべっとりと血がついていた。三度四度と立ち上っては鈴木にぶつかってゆくのだが、やがて酔でなく疲労と打撲のために準平がいよいよひょろついてゆくのに反して、鈴木は身体がきまって来て、その準平をただ摑まえては投げつけているのであった。もう興奮が去って、鈴木の顔には次第に当惑の色が浮んできた。

やっと彼は、村中の持てあまし者にかかずらわっていることが不安になって来た。この吹けば飛ぶような酔っぱらいの準平を、触らないように触らないようにと村のものが煙たがっている理由を、彼はいま、これだなと思いあたるのであった。準平の眼はますます据って、もうへとへとになっているに拘らず、泥をかきまわす犬のような恰好で四つん這いになっては鈴木のゴム長靴へしがみついて、どうしても離れないのであった。そして「この野郎」「糞っ」と言って、彼がその足を抜こうとすれば、そのままずるずると泥の中を引きずられて来るのだ。

事の起りは、鈴木が貨物二台で鰈《かれい》を送る石油箱がついたというので、駅前の運送店へ運賃支払いに行ったが話が行きちがってどうにもならず、むかっ腹で帰って来る途中、準平が海岸の方から酔っぱらってやって来るのに逢ったのだが、その時はちょうど小学校のひけ時らしく十歳位の女の子が五六人準平を怖がって家の軒下へ逃げ込んだのである。赤い爪革の足駄を深い泥にとられて逃げ遅れた一人の女の子が、準平のやってくる真前に立ちすくんだまま「おっかねえ、おっかねえ」と泣き叫んでいた。その前に立ち止った準平は、蛙や毛虫を見つけた犬のようなもの珍しげな酔顔で、母親に甘やかされて育ったらしい女の子の丸顔を見まもっていたが、再び女の子が「あばあ、おっかねえ――」と絶叫すると、怖がられているのが自分だと見てとり、ふいとそういう自分に対する自棄的な心が働いたのか、よしやがれ、と言うようにその子を押しのけたのである。女の子はぬかるみに膝をついて「ああっ」というはげしい泣き声を立てたようであった。

そのとき「この野郎」という声が耳のはたでするのと同時に、がんという鈴木の頬打ちが後ろから準平の右頬へ来たのである。こいつに何の権利があって村中をのさばりかえっていやがるのかという腹で、鈴木は準平の扁平な肩を摑むとぐいと自分の方へ向けなおした。たかが渡り者の馬喰《ばくろう》で、ひとつまみにもできるような身体の準平を、なぜ皆が憚っているのか、そしてまた準平の方でもそれをいいことにして、村の稼人どもを自分の手下かなにかのように周囲に集めているのが、前から鈴木は気に食わなかったのである。この村へ来た初めにはそれでも赤っちゃけた駄馬の一匹位は絶えず持っていて、それに乗っては近い村々の百姓の処をまわって馬をとりかえたり、どこからともなく種馬をつれて来てかけ合せたりして暮していたのだが、いつか元手も無くしたと見えて、なみの稼人仲間に入り、鰈網や鰊場《にしんば》の雇をして村に落ちついてしまったのである。準平の身についている訛りのない言葉と妙な人を鼻先であしらうような態度と、あいつは人殺しぐらい何とも思ってやしないという風説を尤《もっと》もらしく思わせる、何処《どこ》となく不敵な面魂と、酒癖の悪さとが、皆の彼に一目おくようになった理由であった。どっちかと言えば村では親方衆の側に立って平の稼人を見下していた仲買の鈴木は、そういう準平が初っから何となくうるさいのであった。それに去年の春、髭田の親方が九一を全廃して前借の金額で手加減するという案を雇一同に申し渡した時、雇側の総代になった準平は、親方の代理という役を買って出た鈴木を出しぬいて、深夜酔った勢いで直接親方を妾宅につかまえて談じ込み、結局長年の慣例どおりということに結着させた事件があった。

自分に平手打を喰わしたのがその鈴木だと解ると準平の顔には、ははあ、という一種のというのはうっかり忘れていた九一問題のことをその準平の表情が彼に思い出させたのである。おや、と思ったときは、でく人形のように自分の中ががらん胴になっているような気持であった。が身体の隅には行き届いていなかったという頼りなさであった。自分の考えることを酒と陽に焼けた準平のつぶれたような皺だらけの顔が、酔ってはいるもののもう本能的な身構えをしていて、さあどうでもいいから好きなように扱ってみろと、だらりと垂れさがった瞼《まぶた》の下から濁った眼でじろりと見ているのに逢ったときは、鈴木も脊中を水が走るような戦《おのの》きを覚えたが、そこでかあっとなった後はもう夢中で準平を投げていたのである。

からみついた準平を、ぐんと蹴とばすようにして、やっと足を抜き、一間ほどそこから離れて身構えた鈴木に向って、準平はそのまま泥のなかに胡坐《あぐら》をかいて呶《ど》鳴《な》りはじめた。

「やい鈴木、俺の言うことをよく覚えとけ。男の喧嘩はな、生命のやりとりなんだ。今日のところあ酔ってたから手前の好きなようにさせておいたが、いよいよ喧嘩となったからにゃ、俺はどこまでもやるんだからな。とにかく準平は相手の息の根をとめるか、どうか勘弁してくれと手をついてあやまらせるかのどっちかになるまで今迄やって来た男なんだ。俺はいい加減な所で物別れになるのは嫌いなんだ。今度逢った時は手前をそのまましゃ置かねえぞ。いいか、承知したか。それが怖けりゃ今、俺をやっつけてしまうがいい。やるなら今のうちにどうでもしろ。さあ今のうちにどうでもしろ。でなけりゃ手前の方が危ねえぞ」

準平はまたのろのろと立ち上って鈴木に武者ぶりついた。いい加減不安になってきた鈴木にはこの男の爬虫類のようなあくどい奇妙なねばり強さがこたえて来て、ひょろひょろの準平に押されるままに棒立ちになって一歩二歩後へさがるようにした。その途端に鈴木はもう引きあげようと考えついたのである。彼は準平の両腕をつかんでぐいと自分から離した。

「おい準平、あんまり酔っぱらった風するな。酒は手前の稼ぎで飲むものだすけ構わねえども、学校子供にまで悪戯《わるさ》するのはやめだ方がええど。酔ってる手前を投げだなあ悪がったども、ちっとは性根もあるもんだ。あんまり身勝手なごどばかりで世間は渡れねえど。手前の言うごどはもう解った。もう帰れ。ん？　もう帰った方がいい。解った。解った」

そして彼は足早に貝殻小路の方へ歩き去った。無尻外套をぬくぬくと着込んだ鈴木の大きな後姿は立派であった。準平に脊を向けるとともに、このままでは済むまいという危惧の念は一層鈴木のなかで強くなってきた。準平が兇状持ちで何処で誰を斬ったという話もはっきりした事は全く解らないのであったが、とにかく関東地方から南部、函館から日高と流れてきた準平には、鈴木の推し測られないような暗い面があるようであった。それに今では大分少くなっているとは言うものの、内地に住めなくなって流れて来た手も足もつけられないこの種の破落戸《ごろつき》についての伝説は、まだ北海道のこの地方には英雄譚のようにして幾つも語り伝えられているのであった。準平の持っている人気には多分にそういう伝説の再現という意味があったのである。あいつ、この次に逢ったときには刃物でも呑んでくるつもりでいるのかな、鈴木はちらと考えた。後の方から準平のたんかを切るのが聞えた。

「やい鈴木、とうとう逃げ出しやがったな。おい戻って来やがれ。喧嘩はこれからだぜ。貴様が逃げ出しやがったって、準平はな、売られた喧嘩がこれで片づいたものとはちっとも思いやしないぞ。よく覚えとけ。準平は喧嘩の続きをやりに出かけるぜ。おい鈴木三太、そのときになって慌てるな。やい、だいたい貴様は卑怯だぞ。負けたのなら戻ってきて手をついて謝れ。きっとこのままじゃ済まさねえからな。後になって吠え面をかくな。準平を誰だと思ってやがるんだ。南部から日高にかけて、沼田準平と言いや、さつのものだって側を向いて通った程の馬喰だ。へっ、この片田舎で筵《むしろ》買いをして親方衆の鼻息を窺っているような鈴木三太ぐれえに威《おど》かされて、黙って引込んでいられるか。帰れだと、何が帰れだ。尻尾を捲いた者の方から先に帰るもんだ。それが嘘なら戻って来てみろ。へん、沼田準平がな、沼田準平がどんな人間か、いまに思い知らしてやるぞ」

準平は鈴木が床屋の角を曲って見えなくなっても吸鳴り続けていた。立ち止ってこの騒ぎを見ていた連中も、一人きりになった準平の眼で睨まれる不気味さに何時《いつ》か散りぢりになって行った。戸を閉め切った両側の柾葺《まさぶ》きの平家の間に、ぬかるみの道がだだっ広く盛りあがって居り、暗くなって来た低い空からは蛾のような大きな雪片がふわふわと舞い下りて泥に吸われていた。両側の家のなかにいる人々は、ひっそりと鳴りを鎮めて準平のせりふを聞いているように思われた。駄菓子屋の角長の硝子《ガラス》戸は破れた一枚だけ相変らず板でぶっつけてあった。長次の家の軒下には乾大根でも吊した後らしく鼠《ねずみ》の尻尾のような縄切れがぶらぶらと揺れていた。準平は自分になすりつけられたこの汚辱の原因が、このみじめな村全部にあるような気がするのであった。誰でもいいから出て来てみろ、といった調子であたり一杯にわめき散らし、半分カアテンを引いたまま五寸ほど戸をあけている禿《はげ》床《どこ》の店さきを、自分を莫迦にしている者のように睨みつけていた。

雪はますますひどく降って来て、脊中から裾一面泥まみれになった準平のサクリに、ちらちらした細かい粉になって引掛った。ぺっと唾をすると、口のなかから赤い血の塊が飛んで行って泥にささった。睫毛の雪を払おうとして顔を撫でると、血と泥が一緒になって、ぬらぬらと掌について来た。その掌をそのまま帯の間へ突込んで立とうとすると、腰ががっくりと崩れそうで、鈴木にはとても敵《かな》いそうもないぞ、という反省が準平の心をかすめた。だが俺も口先ばかりでなく、本当に村の奴等をびっくりさせるような派手な仕返しをあいつにしてやれたらと思うと、頭から全身がかっと痺れるような感動が湧いて来て、それを喜びのように準平はかみしめてみるのであった。

二

高沢雑貨店の女房のお園と準平は山多の主人が死んだ通夜の帰りに一緒になった。山多を十二時頃に出たときは四五人連れであったが、途中で近い人からぼつぼつ欠けて行って海岸通りから山手の方へまがったときは二人きりになったのである。からからに凍った地面には雪がうすく降っているきりなので、足駄の歯はひどく不安定であった。夕方から風が落ちたのに、納屋のかげで海はまだたけり立った怪物のように吠えていた。凍って硝子のように張っている空気がぐんぐんと波の音に押されて揺れているようであった。両側の家並は、嵐がきても吹き飛ばされないように地面にしっかり手で摑まったままの恰好で寝しずまっていた。準平が先に立って歩いているのだが、その無尻姿は、熊が檻のなかを歩きまわるときのようにぎごちなかった。歩くためにでなく、獲物を狙うように身体が出来ているという感じであった。それはお園が長年見なれてきた漁師の身のこなしと全くちがったものであった。

だから、もともと馬喰で苦労して来た準平が、今では元手になる駄馬の一頭も持っていずに、この村でも年末に困っている連中だけで始めている危険な鰈網に出ていたって思わしい稼ぎにならないのも当然な訳だ、とお園はお妙にせがまれて用立ててある二十円ばかりの金のことを思い出していた。

準平の女房のお妙が、この村では資産家に数えられている高沢雑貨店の女房のお園と従姉妹であることが解ったのは、準平夫婦がこの村へ来て二三年経ってからであった。十歳位まで松前の福島で隣同士に住んでいたのだったが、お妙は函館へ子守に出されてから、室蘭、小樽と流れて歩き、小樽で牛肉屋の女中をしていたとき準平と一緒になったのである。この姻戚関係のために準平夫婦は色々なことで高沢家の厄介になるようになった。お園は先月お妙に貸した無尽の金のことを考えていた。準平はその金のことを知っているのかもしれなかった。そうも思ったけれども、準平に逢うたびにお園は彼が自分の身体のことを考えているような気がしてならないのであった。今もそのために不安に襲われているのだが、それはあるいはお園の方だけで感じていることで、準平にそういう考はないのかも知れなかった。お園は店に坐っているとき、客が来て立ち上ったり、棚から物を卸そうと腕をのばしたりする度に、自分の膝や腰のあたり、袖口なんかをじろりと見られる視線を感じていた。それは手で撫でられるような触感を彼女に与えた。また自分の身体にもそういうときにはきっと或るしながが現われていた。それに彼女は美人だと言われていたし、風呂のなかでもうっとりと白い自分の肢体をながめていることがあった。

だが準平に対《むか》っているときに感ずるものは何か特別なものだ。外の男たちはお園を見て空想しているにきまっていたし、お園の方でもそういう淫らな物思いの世界で、それとなく一緒につき合っていたっていいのであった。それはうねうねとくね曲って進んでゆくだけで、現実の問題になって愕然と覚めるという危険は全く無いものであった。準平は別に彼女の身体をじろじろと見ているというようなことはしなかったけれども、身体全体で待ちかまえるように彼女の肉体を感じ取っているようだった。準平のそれは想像の方へ流れてゆかずに、一気に飛びかかって来る動物の本能のようなものであった。外の人間がいるところでも、準平が彼女のそばへ寄って来るようなことがあると、お園は今にも肩をぐいと摑まれるのではないか、と思うのであった。準平が魚などを高沢家に持って来ると、それを下げたままずかずかと茶の間をとおって台所の流しへばさりと魚を投げ出すのだが、そういう時には準平が彼女の傍をとおりすぎるまで、お園ははっと息を呑んでいるのだ。この人の何時ものやりかただ、とその度に自分に言いきかせてみても、それは無事にすぎたと胸を撫でおろす安堵になるだけであった。そしてその次はまた同じなのだ。

それに最近準平が仲買の鈴木と喧嘩をしたという噂は村中の評判であった。その場の様子を見たものの、はっきりとした証言があるにも拘らず、噂ではやっぱり準平に勝目があることになっていた。命知らずにかかってはしようがない、というのが皆の頭に浮ぶ言葉であった。噂によれば、あの事件があって数日後に、準平と鈴木は、夕方入丁の納屋の裏の方でぴたりと顔を合わせたそうである。両方とも思いがけないことであったが、その日は準平は酔っていず、ちょうど網を繕うために小刀《まきり》を腰前にぶら下げていたのだが、鈴木はみるみる顔色が真蒼になり、こないだはどうも自分も酔っていたことで全く申しわけがないと鄭重《ていちょう》にあやまったそうである。準平はまるで馬の品定めでもするように、珍しげに鈴木を見まもっていたが、突然、いや、と言うなりそっぽを向いて鈴木の相手にならなかった、というのである。いややっぱり準平には手出しができない、という評判がもう村の人から人へ言い伝えられていたのだった。だがお園は、準平が村の収税吏員を川のなかへ叩き込んだり、仲買と喧嘩するのも、楽なところでだけ仕事をしているので、自分の処だとか親方衆のあたりは、普通の人間に気のつかない程大事にしていることは知っている、という気持だった。鈴木のことなんか、どうせ鈴木というのが中途半端な人間で、他人の手形の融通や問屋筋の売込みや支払の交渉などを引き受けて、あやふやな生活をしているに過ぎぬ人間なのだから、取りようによっては村の人気を摑むには恰好の相手を選んだものだと言える、とも思うのであった。準平が決して外から見えるような粗暴な人間ではなく、女房の借りた金のことに知らない振りをするような油断のならない狡猾な所がある、とお園は考えていた。だから準平が自分に対して抱いている興味をどういう風にして実行に移すかということを絶えず考えていた。しまいにはその空想の不気味さが一種の手応えともなり、なにか楽しみを待っているようでもあった。

準平の後について歩いていながら彼女は妙にせかせかとして遅れまいと骨を折っていた。ある家の前には白い雪の上に草鞋《わらじ》の跡があって魚籃《びく》が二つ戸の前に置かれてあったが、それはたった今誰かがその家へ入ったばかりの所らしかった。お園はそこでふいと恥しい気持になった。何となく自分が準平に寄り添うようにして歩いていたように思われた。その家は話声も聞えず、眠ったように静まりかえっていた。どうしたのかお園は、お妙の顔を思い出した。髪をぼうぼうにして胸をはだけたまま白い襟元をひろげているのだった。子供もないのにいつも疲れ切った寝不足の顔をして、眼だけが黒く光っているのであった。お園にはお妙の身体の具合が手にとるようによく解るのであった。その肉体の疲労は、いま寝床から起き上って来たもののそれであった。お妙の身体が経験してきた酔いも疲れも物憂さも、皆自分自身の経験のようにお園の身体に応えた。お妙はそういう肉感的な女であったが、彼女のような崩れた所をちっとも見せぬ準平の憎々しい態度のことを考えると、お園は何やら見当のつかないものにぶつかったように、準平という男は一体、と思いめぐらしたりして、はっと自分にきつい顔をして見せるのだった。高沢が何もない平凡な男のように見えることがあった。だが準平は自分になんか全然興味を持っていない、とお園は、今ふいとそう思い、お妙の荒んだ顔をまざまざと思い描いた。

道は小川にかかった木橋を越して、急に北風のあたる所へ出たせいか、風が着物の隙間から吹き込んで来て、彼女の裾が開いた。両手で角巻《かくまき》を押えるようにしていたために、お園は風に向ってくるりと後を向き、それから左の方へ向き直ろうとした。準平が二歩ばかり先で後を向いて待っていた。

「なんか落したのかね？」と準平が言った。

「いいえ」と答えたが、その返事は我ながら弱々しい張りのないものだった。まるで自分の思っていたことを全部相手に悟らせたような受身の調子だった。すると準平はそのままじっとお園の顔を覗き込むようにした。彼女は我にもあらず、たじたじと二三歩退いた。にたりと笑ったように準平の顔に歯が光ったが、今度はくるりと向うをむいて歩き出した。お園はどきんとして立っていたが、遅れるとどんなことになるかしれないと思い、五歩ばかり後からまたせかせかと歩いて行った。風は冷たくって頰に痛いようであり、眼には涙とは違うただの水のようなものが浮いて来て鼻の方へ落ち込むのだった。彼女はもうすっかり準平に見てとられたと思った。どうにでもなれという一種のかあっとした気持で腹を立てていたが、そういう破滅をもう長いあいだ覚悟していたような気もした。

路のすぐ傍に共同井戸があって、湧水の音がちろちろとしていた。そこを通りすぎ、その音が消えるあいだ、お園は待ちかまえていた。だが準平は相かわらずのっそりと歩いていた。高沢の家はすぐその向うに板塀をめぐらしてあった。それが眼に入るとお園は深い水の底からでも浮き上るように、いつもの自分に戻って来た。それはまるで目眩いを覚えるような激しい現実への目覚めであった。ほうっと溜息が出て、どこか物足りないような、自分の莫迦な夢想をあわれむような安心であった。自分はちゃんとした高沢家の内儀であり、準平は金を借りている馬喰崩れでしかなかった。少し先に歩いている準平に言葉もかけずお園は潜《くぐ》りに手をかけた。下女が閉めたのか鍵が下りていたので、側に下っている紐を引いた。奥の方でりりんと鳴っているのが聞えた。

「お内儀《かみ》さん」とすぐ耳の傍で、準平の声がした。見るといつの間にか準平がぴたりと彼女に寄り添うようにして立っていた。はっとしたが、金のことだな、とすぐ思い直した。するると準平の右手が角巻の裾から着物の合せ目を通してお園の皮膚をさぐった。左手はお園の肩を押さえて動かさなかった。どうしたのか自分でも解らないまま、彼女はじっと準平のするにまかせていた。台所の戸ががらがらっと開けられて下駄の音が近づいて来た。お園は準平の手を機械的に自分の身体からふりほどくと、ちょうど開けられた潜り一杯に立ちはだかるように下女の眼の前へ出てゆき、ばたんとそれを閉めた。塀の外に準平はじっと足音もさせずに立っていた。下女を先に寝せて戸締りをしながら彼女はじっと耳を澄ませ、雪を軋《きし》らせてそっと立ち去る準平の足音をはかっていた。

茶の間で、きゅっきゅっと帯をといているとき、彼女はさっきちっとも抵抗しなかったのは、それでも慌てたり騒いだりして混乱したところを見せたくなかったからなのだ、と自分に言いきかせていた。だが自分が準平の手を摑んで離したときの動作は、下女が来るから今はよせ、というだけのことにしかなっていない。それは拒絶とは言えない。この次の機会にはもう自分は何も拒めなくなっている、ということがお園に解って来た。

三

珍しく数日からりと晴れた日が続いた。家の北側にすこしは積んだ雪も、春先のような騒々しい風に融けてからからに乾いてしまった。久保山の庭先にはがやがやと人だかりがして、黒馬が一頭その真中に引かれていた。準平が久保山の親方に見せるために隣町の馬喰のところから連れて来たのである。今鰊場の仕込みを前にして久保山では金に余裕がある訳ではなかったが、鉄道線路の傍の落葉松《からまつ》が二十年ばかりで伐《き》り頃になっていたのを二町歩ほど手離して、網、綱具、船の手入れから、雇いの前貸し、米、味噌、薪と一とおりの掛りはどうにか間に合う見当がついたのである。借金は借金として三四千円ほど残っていたが、走りの鰊を生で売り出せば利上げはどうにかなる筈であった。数年続いた不漁の中で珍しいことにのんびりした気持を親方は味っていたのである。

ある日親方が鰈網帰りの準平との立話の間に、ふと馬の話から、以前四頭ほど馬を置いた厩舎の空いているのを思い出して、一頭位置いてもいいんだがと、うっかり口を滑らしたのである。前の四頭も手許がつまって人に譲ったのだが、少しばかり当座預金があると、それが全部使途のはっきりとした金で余裕はないにも拘らず、毎年続いて二千石も漁のあった頃のような大様な気にふいとなるのであった。準平の話では、いい馬でもあればだが、つまらぬ馬なら金を棄てるようなもんですよ、とあまり気乗りもしていないらしかった。もともと親方も本気ではなかったのである。ただどうかすると此の頃は組合をつくろうとしたり、村会に雇側の代表者を出そうなんて騒いでいる村の下々の連中の間で妙な人気を持っている準平に、お愛想を言った位のつもりであったのだ。それに走りの生鰊の値でも少しよければ銀行の方の利上げをして漁期の後半位の米はその時になってどうにでも工面がつく、という肚《はら》もあった。

親方の方ではそんなことを忘れてしまっていたのに、今朝突然準平が勢よく馬を乗りつけ、馬上で手綱をぐいと引きしぼって、庭先の軟い土にぽかぽか穴をあけながら乗り廻してから飛び下り、親方にこの馬を見てもらいたいと言うのであった。気に入らないと言って突っぱなすばかりだと思っていたので、親方は幅の広い顔のずんぐりした身体を縁側に現わして来た。見たところ首や手足の太い力のありそうな馬であったが、前に置いていたのがこの地方の草競馬には出せる馬で自分でもよく乗りまわしていた親方には、こんな馬車馬なんかのことは考えていなかったのである。

「ふむ、馬車馬だな」と親方は言ったが、手綱をとって後向きになっていた準平には聞えないようであった。馬車馬をほしかったのじゃないと言ったら、また次から次と別の馬を持って来るだろうと、荒立てずに断ることを考えていた。準平は、ちょうど町の伍助のところへ行った時見せられたので、ある荷馬車屋から出されていた馬で、四歳だとのことであった。元値の安いことを準平が知っているものだから、伍助は癇が強すぎるとか、右の後脚に疵《きず》があるとか言って渡したがらないのを無理に持って来たのだ、と声高に言う準平にはどこか威丈高で相手に食ってかかるようなところがあった。

「ここの処なんだがね」と準平は馬の腹の下に突込んだ頭を曲げて、ものを探るようなじろりとした眼で親方を見上げ、関節のすぐ上の筋肉に沿った縦の疵痕を指で摘んでみせるのであった。「躓《つまず》いて石か何かで切ったものにちがいないんだが、伍助のやつこっちに諦めさせようとしやがって、何だのかだのと吐《ぬ》かしやがるんだ。これが骨に届いた疵かどうか俺に解らねえと思ってやがるんでさ」と言って準平は轡《くつわ》をとってとっとと円を描いて馬を引きまわした。見物の雇や近所の女子供の輪がぱっと大きくなった。別に跛を引くというようすもなかった。

「何でも二頭持っていた荷馬車屋だったそうだが、亭主が死んだあと女房が早く始末して国へ帰るというので、伍助は二束三文で手に入れたらしいんだ。何にせ額は少くっても、あいつ自分の懐をいためた金なんで、年末を控えて楽でもなさそうだから、あいつに三十両ばかりも儲けさせてやってくれりゃあいいんですよ。親方、こいつあすぐ手放しても金儲けになりますぜ。来春の鰊場に使ってから売れあ、いい若い者二人位の前借高が浮くのは請け合いですよ。その時にゃまたこの準平が何しますが。どうです。道楽にゃならねえが、金儲けですよ。準平も長年叩き込んだ馬を見る眼にゃまだ狂いはねえつもりなんだ。こいつあ使いでのある馬ですぜ。こういう機《おり》でもなければ、長年世話になった親方の役に立つこともあるまいと思って、何でも構わんから一日だけ貸せ、これからもずっと贔屓にしてもらえる筋なんだからと言って無理矢理に持って来たんでさ」

準平は親方のすぐ傍へ腰かけて脚を組んだ。いつもどことなくぐうたらな準平の身体全体が、その恰好のましゃんと据って見えるのであった。親方は値段のことをどうこうと言いもしなければ、馬についての自分の意見を述べもしなかった。雇人に対する時や商人を扱ういつもの態度で、下手に自分の方から物を言い出して相手に乗ぜられないやり方であったが、事実準平の説明はちゃんと親方の考が動く先々を押えて行っているので、親方の方で切り出す話題もなかったのである。こいつは下手をすると恩にきせられながらこの馬を摑まされるぞ、と思った。何だって又こんな馬のことを言い出したのか。だが馬はどう見てもなかなか立派なものだった。準平の奴、仲々やるぞ、と彼は思ったのである。年内はとても駄目だ、と簡単に突っ放せばいいんだ、と考えて、ふと、待てよ、金に困ってその馬喰が手放すのなら損をする気遣いもない訳だが、と思案しかけ、準平の奴がこれでうまい正月酒を飲むわけか、など思いかえして、親方はにたりと笑い、

「そうさなあ。準平、俺は馬車馬は欲しいわけではないんだが。鰊場でもあれば遊ばせでおかねばならねえし、久保山あ馬車馬の売買をしたってえ噂も有難ぐねえしな」

「親方、そうあっさりと逃げられちゃこないだからの俺の骨折りも無駄になる。折角ここまで話を持って来たんだから、まあ見るだけでも見てやって下さい。こいつあ金にしようと思いやすぐにだって相当の値で売れるんだ。親方だってずぶの素人じゃねえんだからその辺の見当はついているだろうが、まあ念のためひとつ走らせてみようかな。おいどけ。莫迦め、曲馬じゃねえぞ。何だってうろうろ人のあとをついてまわりやがるんだ。蹴殺さ

せるぜ。邪魔だ」と準平は縁側から下りるなりきびしい顔であたりの者を呶鳴りちらした。

儲けのことも勿論あったが、少し懐の温い久保山が馬をとうっかり言ったときから、準平は忘れていた大変なことを思い出したように馬への熱中をとり戻したのである。損得の問題を越えて自分自身の全力をうち込める仕事としての馬喰商売は、骨の髄から彼を造っているようなものであった。どうせ馬で儲けた金はお前さんが飲んでしまうだけだから、と女房のお妙が不平そうに言うのを聞き流して、準平は幾日も鰈網にも出ずに心当りを歩きまわっていた。これと思う馬を見つけるまで、彼は憑かれた人間のようになっていた。だからいま久保山の庭先で見物人を呶鳴ったのも、いつも客の前で外の人間に見せる強気の術《て》の一つではあったが、それは馬喰としての本能的な昂奮が知らぬ間にやらせる自然なものだったのである。それは酒の酔とはちがった一種の陶酔で、その気持にかあっと全身をまかせていなければ、とても客を商談のなかに引き込むことが出来ないのであった。はたで思っていたよりも、また自分の顔色に出ていたよりも準平は本当に昂奮していたのである。ただ喧嘩の場合と同じように彼はこの状態に慣れっこになっていたので、自分の昂奮によって商売をぶちこわしにするという危険は少しも感じなかった。それどころか、それが必要であることを知っているので、自分に鞭をあててその中へ追い込むのであった。

そこらに立っている連中を呶鳴りつけておいて彼はその馬の轡をとって三軒ほど離れた

馬車屋の兼田の所へ行った。そこの表に馬車が一台置いてあることを彼は来るとき見ておいたのである。兼田の家の中へ入って行った彼は暫《しばら》くするとその裏手の馬小屋から馬具を担ぎ出して、その黒馬に馬車をつけはじめた。彼は身体のなかに、かっかっと火のようなものが燃え出したのを感じていた。馬具をつけるのも、他人の手がそれを勝手にやっつけて行くようであった。瞬く間に支度はできあがった。彼はまだなんかを捜すように近所の家の軒先を見ていた。と倉庫の裏手によせかけて桃内石とこの辺で呼ばれている軟質の石材が二十本ばかりあった。こいつ折れるかなと思ったが、すぐ彼はその一本に手をかけて、うんと腰に力を入れると馬車の上へ積んだ。それを次から次と十本積むと、量は小さいが大分の重さになったことが解った。此処から久保山の庭先にかけての間には、ぺんぺん草の生えた石だらけの乾場が二十間ほどあったのである。親方が縁先に坐っている外、見ていた連中は、此処まで準平についてぞろぞろ歩いて来たのや、久保山の垣根にもたれかかっているのや、中途にぶらついているのや様々であった。いつの間にか大分人数が増していた。だがまだ準平は馬車のまわりをうろついていた。それから兼田の納屋へ入って行ったが、直径が二寸ほどで六尺位の落葉松の丸太と、握り頃の竹の棒を持って来た。見ていると彼はその丸太を片側の車の輻《や》の間から石材の隙をとおして他の車輪の輻の間へ貫いた。つまり車輪をまわらないようにしたのである。馬は久保山の方を向いていた。

準平はそこで「退《ど》け」と呶鳴った。馬の前には誰もいなかったし、後方にいた者も、ずっと離れた乾場の端にいたのも、思わず二三歩退いた。はっとしたような瞬間であった。準平は馬車の上に飛び乗って手綱を左に引き、右に竹を持って、

「ちょっ、ちょっ」と、馬を追うときの重い舌打ちをした。馬は一歩出ようとして、車輪ががたんと喰い止められたのを知って立ち止った。その途端に準平の右手の竹棒が馬の尻に力一杯打ち下された。「えいっ」という掛け声に続いて、厚い肉を叩くばっという音がした。馬は前脚を折りまげた。そのとき第二撃が加えられた。馬は顎を突き出して避けるように首を左右に振った。前脚が丸い石の上をがりがりと引っ掻いた。第三撃。馬はあがいた。車輪は廻らぬままで、ぎぎ、ぎぎ、と石ころの上を引きずり出した。

準平の喉からはなにか叫びのようなものが飛び出し、狂気のように続けざまに鞭が打ち下されていた。彼はもう無我夢中の境に入っていた。ただ自分の昂奮の中に、無理矢理に馬しがみつき、馬の呼吸を本能的に嗅ぎ分け、たじろぐ暇を与えずに馬を追いまくること、馬を自分と同じ熱狂に捲き込むこと、どうでもこうでも馬を驀地《ばくち》に垣根の際まで駆り立てることを考えていた。万一馬の力が余っているにしても途中で気を緩めてはならないのだった。戯談《じょうだん》半分に他処事《よそごと》として見ていたものも、この準平の様子が眼に入ると、はっと立ち竦み身体が痺れたようになった。生涯に人間が一度か二度しか見せないような精根を尽

した表情が準平の顔を隈どっていたのである。操り人形のように馬車の上に立って揺れながら、滅茶苦茶に彼は馬の脊を打ちまくっていた。だがそれも馬にはそう応えるものでないらしく、馬はただ目覚めてきた野性の深い本能にまかせて車のまわらぬ馬車を引きずって狂奔しているのであった。とうとう馬は地を引掻き長い鬣《たてがみ》をふり乱してその乾場の端の垣根のところまで殺到した。その低い垣を蹴破るような勢であったが、準平がうまくそこで馬を止め、彼自身は馬から飛び下りるとその勢で親方の前へ駆け寄って嚙みつくように言うのであった。

「見ましたか、親方。見ましたか。どうです。あの桃内石は二百貫からありますぜ。この村にゃ居ませんよ。これ位の馬あ。準平の見た眼に狂いはねえんだ」

「ふうむ」と親方は唸った。久保山は揶揄《からか》ったり、突っぱなしたりすることのできない、本気になった人間に今向い合っていることを悟ったのである。そういう場合にあっさりと相手を通してやらなければ、意外に手を焼くことになるのを、彼は経験上知っていた。

「うん、よかろう」と親方は呟くように言った。準平は別に嬉しそうな顔もせず、当り前だ、という風に、すぐ馬の方へ戻って、車の輻から丸太を抜き馬を向けかえて兼田の方へ追って行った。

久保山は小切手を書こうと思って、おや受け渡しはまだまだ先のことだ、と気がつき、その拍子に、この馬は鰊場に使った後五十か百は儲けて売り飛ばすつもりで買うのだ、という算盤《そろばん》のとりかたを忘れていたのを思い出して、ふいと自分の気持が頼りなくなるのだった。そう言えば、あれだけの積荷で車止めをして乾場を走ったのが、いったいどれだけの仕事に当っているかも彼は知らないのだった。準平の芝居に引っかかったかな、という考を押えつけねばならないようになったのは、一週間程たって準平が人相の悪い見すぼらしい風采の男と二人受け渡しのことでやって来た時のことであった。

四

二月に入ってからは時化《しけ》つづきであった。鰈網の者は一週間も沖へ出ずに吹雪に閉じこめられていた。ある朝雪がはれると家々は三尺ほど新しい雪に埋められてうず高い軒下の雪が屋根まで続いているのであった。村の者が道路の雪を踏み固めたり、窓の前の雪をとりのけて室へ光線を入れるようにしたり、妙にみしりみしりと応える屋根から雪を卸したりしているとき、早見の勘太や準平の組の鰈網は久しぶりで沖へ出ることになった。陽が真白い雪にきらきらと輝いて、表へ出た人々は真黒い顔でまぶし気に挨拶を交していた。だが昼飯後になってから、軽くさっさっと軒端の粉雪を吹き落すような北風が出、すうっと陽が一度に蔭って行った。その頃、昼飯がわりの馬鈴薯の塩煮を炉の自在鉤につるしたまま食べあきたお妙は、垢がぴかぴか光った丹前を羽織ってうとうとと炉端で横になっていた。どういうものかお妙は準平が留守になると何となくがっかりして急に疲れを覚えるのであった。準平は気難しくそれでいて何でも細かなことに気がつく質で、見かけによらず非常に神経質なのだ、と彼女はよく人に話していた。気に食わないことがあると、食卓に両手をかけて引っくり返したり、土足で彼女を蹴倒したりすることがよくあるので、酔っているといないとに拘らず準平が家にいるときはお妙は身体中の神経が張り切っているのであった。それで準平が留守になると彼女は繕いをするでもなく洗濯をするでもなかった。何がなし身体中から重荷をとり去られたような気持で近所の女房どもを集めて花をひいたり、無駄話をしたり、でなければ昼寝をしているのだった。だから準平の家は女どもがよく集っていた。酒が残っていたりするとお妙は鰊漬を上げて来てそれを肴に女たちと飲んだりするのだった。

お妙がそうしてうっとりとしていると、ぎしぎしと表の板戸を軋ませて、準平の乗っている鰈網船の船頭である早見の勘太の嬶《かかあ》のよしのが土間へ入って来た。むっくりと脹れた顔の、もう四十に近い気のいいよしのが、どうしたのかひどく慌てた様子であった。薄目をあけていたお妙を眠っているのだと思ってぐいぐいと肩の処をこづいて、

「妙ちゃ、妙ちゃ、時化だえ」と言うのであった。はっと顔を上げて耳を澄ましたが、風がひゅうと唸っているだけで、さほどの事とも思われなかったが、真北の風になれば此の村の浜は船がつけられなくなることは彼女も知っていた。開けたままの戸口からは真白い雪の降りしきっているのが見えた。

「悪い風だし、それにこの降りだもの。葛西の阿母《あば》どごでどうしてるが、見でくるすけね」

そういうとよしのはまた古いサクリを頭から被って吹雪の中へ出て行った。お妙はこの吹雪がどの位の危険になるのかよく飲み込めなかったが、ともかくおこそ頭巾や角巻やゴム長靴を支度しておいた。風と言ったってそう強いものではないし、これぐらいの吹きは何でもないような気がして、鍋などを暗い流しの方へ片づけていた。間もなくよしのがまた戻って来て戸口に立ったまま呶鳴るように言うのだった。

「みんな浜さ出でるどさ。すぐど行ったえ」。そう言って駈け去って行った。お妙は急にどきんとして、身支度もそこそこ吹雪のなかを海岸へ急いだ。雪は睫毛に吹きつけて瞬く度に溶けて涙のように落ちるのだった。息ばかりはずんで足が言うことをきかなかった。雪に埋れた方々の家の戸があくと、男たちが出て来て思い出したように何かを家の中に叫びながら走って行った。後から来て走り抜けようとする一人の男をつかまえて訊くと「葛西の舟が」と言ったきり、また小きざみに走って行った。葛西の舟ならと思って何がなしにほっとしたが、早見の舟はまだ戻っていないな、という直覚があった。

海岸では吹雪のなかで人が右往左往していた。ふだんは舟着場が各々きまっていたが時化になるとこの鳶丁の澗《たに》が一番安全なのでそこへしか舟は入らないことになっていた。波打際に真黒く立っている男たちをかき分けるようにして澗の入口をのぞくと、短い防波堤の先端で崩れる大波をあびて四五人男たちが動いているのが、吹雪をとおして見えた。竿のようなものがその男たちの間でふりまわされていた。波の届かない岸の方にいる者は口々に、そこへ向って何か叫んでいた。海は一町程しか展望が利かず、沖の方はただ真白い雪に閉ざされていた。

「早見の舟は、早見の舟は」とお妙は横に立っていた男に訊いた。カアキ色の軍人外套を着たその男はお妙の方を見て「準平のおっかが。いやまだだ。勘太のごったすけ大丈夫だど思うども、この風あ強ぐなるばかりだもんなあ。ほら葛西の舟あ澗の入口でぶつかしてしまった。下手やったのせ。何でも喜一だか信吾だかだげ見えねえてんだ。いや、時間も大分たってるふうだすけ、もう見つかってもとても駄目だべ。竹屋の舟は一番早く逃げできたすけ網を上げる間もなかったたってごった」

お妙は身体中ぶるぶると震えて来るのだった。風は刻一刻とはげしくなって来た。後の方でひどい物音がしたので振りかえると納屋の外側に立てかけてあった三間ほどする落葉松の丸太が二十本ばかり風に吹き倒されたのであった。吹雪は立っている人々の間をびゅうっと渦巻いて見え隠れさせた。やがて波は潤の波止場を呑んでその上を洗うようになって来たので、尖端にいた合羽《カッパ》姿の男たちも竿を持ったまま引き上げて来た。「駄目が、駄目が」と立っていたものが声をかけたが、その男たちはむっつりと口をつぐんだまま、今度は浜から磯舟を卸すとそれを波止場の蔭に添って潤の入口まで担いで行った。だがその入口の所では舟を一箇所に落ち着かせるのさえ難かしいらしく、小さな磯舟は今にも顚覆《てんぷく》しそうに波に弄《もてあそ》ばれているだけで何にもならなかった。「駄目だ。危ねえ、危ねえ」と陸で誰かが大声に呼んでいた。

突然少し離れた所で「信やあ、信やあ」という女の金切声がした。するとそれに合せてそこらの男や女たちが「信ちゃあ、信ちゃあ」と沖に向って呼んだ。だがその声は彼等の口元からすぐ吹雪にひったくられて消えて行った。やがて「おおい、おおい」という信吾の母の泣き声が聞えた。黙っているものは声を呑むように身じろぎもしなかった。お妙の身体の中からも何か叫びのようなものが口もとまで込みあげて来た。そのときぐいと彼女の腕を摑んだものがいた。振りかえると手拭でした頰かぶりの中から眉や額に雪を吹きつけられて真赤に濡れた顔を出したよしのであった。

「どうすべねえ、どうすべねえ。四時になれば暗ぐなるんだどさ。あど三十分しかねえんだど。おらえの親父《おど》だば大丈夫だって皆言ってけるども、さっき入った葛西の舟だってあれだもの。どしたらよがべね、どしたらよがべね。もっとも一昨年《おどどし》あ忍路《おしょろ》の湾さ入って助かったども ねえ」

お妙は準平が漁師としては殆ど素人で、船頭の早見の勘太や雷太郎や儀助等に頼るほかないことを知っていただけに、心細さのあまりよしの身体に抱きつくようにした。まるで準平のために勘太にすがるような気持であった。よしのもお妙にしっかりと抱きついた。忍路はこの村から三里ほど離れた幕府時代からの良港で附近の漁船の避難港であった。

するとサクリに手拭を頬被りした男が近づいて来てよしのとお妙の前に立った。それは儀助の兄の儀太郎であった。彼はむっつりとして絶えず沖の方に眼を注ぎながら、

「早見の阿母《おっか》、どういうもんだべな。この風で、今まで来ねえどごろで見れば俺あ忍路だど思ってるどもせ。着ぎせえすれば電話がありそうなものだが。沖で舟をかぶってしまう心配だげあねえど。なあにこれあ磯波でな。ただ窓岩の岬あだりで岩さぶっつけねえがど思ってせ。まるで見えねえんだすけな。まあ大丈夫だべ。危ねえなあ澗の入口だけだあな。準平の阿母もそう心配したもんでねえ」

それを聞くとお妙も何がなしほっとするのであった。澗の入口まで出て行った磯舟も結

局何にもならずに引きかえして来た。信吾の落ちたあたりへはどうしても近づけないのであった。だが救助隊の人々はそのまま上って来ることもならず岸辺の磯舟の中に合羽姿でうずくまって動かなかった。吹雪で真白になった髪をふり乱した信吾の母はその磯舟の傍に立って、「おおい、おおい」と声を出して泣き、時々思い出したように沖の方に向って「信やあ、信やあ」と呼んでいたが、今度はもう外の人達はそれに声を合せなかった。波は地鳴りのように海の底を掻きまわしてごおっと轟いていた。大きなうねりが白い歯をむいて澗の入口の岩を咬むとその余勢でざざっと波止場を呑んで何処までも崩れて来た。救助隊の男が二人信吾の母親を抱きかかえるようにして鳶丁の家の方へ連れて行った。お妙は自分の震えるのが怖いのか寒いのか解らずにいた。よしのはもう沖の方を見ずに雪の上にうずくまって角巻を頭から被るようにしていた。儀太郎はそれを見て、上げられたサンパ船の風蔭に木片を集めて火を燃やしてくれた。沖を見るのを断念した男たちもそのまわりに集って来た。そして口々に「忍路だ」「忍路だべもなあ」と言い合っていた。だがお妙は、それはただ自分等への気休めに言っているので、儀太郎のような確信のある言葉ではないことをすぐ感じとった。では早見の舟はどうなったか。それを想像することはどうしても出来なかった。彼女の頭に浮ぶ海面は、どこも一面に崩れかかって来る大波ばかりで、舟の影のようなものは見えないのだった。彼女は火の温もりの中でじっと眼をつぶったが、身体の震えはどうしても止らなかった。雷太郎の父親や妹もそこへ寄って来たが、おたがいに何も言い出さなかった。言うことがなかったのである。ただ外の者は、まだ帰らない漁師の身内の者に一番前の席を譲るのであった。真白い吹雪の中でいつか段々と日が暮れてゆくのが感じられた。火は外の所にも二三箇所燃やされた。雪は降りやまなかったが、風が何となく弱まって来たようであった。

そこへ高沢夫婦が厳重な身拵えで駆けつけて来た。お妙を見るとお園は「まだだってねえ、どうしたんだがねえ」と言ってその傍へ同じようにうずくまった。高沢はそこにいる皆の者に「どうもこれは皆さん御苦労さまです。どういうもんでしょうなあ」と言うのであった。高沢のためにすぐ席はあけられたが、誰も返事をするものがなかった。暫くして儀太郎が「忍路だど、私は思ってるんだども。どういうもんだがねえ」と言った。

此処へ来る道すがらお園はずっとこういうことを考えていた。彼女には人に言えない運命への信頼があった。小学生の頃級友の持っていた赤い模様入りの裁縫箆《さいほうべら》を彼女は盗んだことがあった。欲しくってならないものであったが、ちょうど教室に誰もいず、彼女の立っている傍にそれを持っている子の机があったのである。開けるとすぐ眼についたのでそれをとった。運悪く君代という子がその時ふと入って来た。盗《と》ったところを見られはしなかったが、次の時間になって盗られた子が騒ぎ立てたとき、君代はだまってお園の方を振りかえった。その日の帰りにお園は君代を家へつれて行って、一番大事にしていた人形を呉れてやった。君代はそれからずっとお園の一番仲よしになっていたけれども、お園の方ではどうしても君代の蒼白い細長い顔を好きになれなかった。だが彼女はいつも君代に愛想よくしていなければならなかった。それが彼女の意識的な二重生活の始めであった。君代は小学校を卒《お》えるとすぐ肺炎で死んだ。それがお園に何とも言えない確信のようなものを与えたのである。

その後十四五の頃彼女は近所の佐吉という同じ年の男の子と子供らしい見界《みさかい》のない関係を持ってしまったが、やがて彼女の方で厭《いや》になって佐吉を近づけなくなった。だが朝夕同じ町内で佐吉と顔を合せているのがたまらないし、やがて後にその事を言いふらされたら困ると思っていた。すると佐吉は函館へ奉公に出たが、そこで踏切で荷車と共に汽車に轢《ひ》かれて死んだ。高沢へ嫁ぐ前には倶知安《くっちゃん》の親戚の呉服店に手伝いに行っていて、そこへ廻って来る函館の問屋の註文取りと関係があったが、その男へは黙って嫁いで来た。後で聞くと、何でも五千円ばかりの金を銀行へ預けに出たっきり行方不明になったとのことであった。そういう事件はいつかお園へ後暗い生き方へのひそかな欲望を絶えず持たせるようにしてしまっていたが、それと共に総ての事が自分の望むとおりに動いてゆくという妙な確信をも与えたのである。彼女は最も深い所で自分の運命を信じていた。

準平との間のことが薄々人に気づかれて来た此の頃では、お園はもうそれを持て余していたのである。深夜に、ぐでんぐでんに酔っぱらった準平が高沢の家を叩き起して、起きて来た下女に向って「この鰈は今とれたんだよ。まだぴんぴん生きてるんだ。お内儀さんにあげてくんな。いいか、お内儀さんだぜ。準平がそう言ったってな」と大声で言っているのが、高沢と並んで寝ているお園の耳に聞えた。お園は寝たふりをしていたが、高沢は眼覚めているように思われた。そういう事があった後高沢は店の金の動きについて細心になり、現金や預金帳や印鑑などのことは非常に神経質になって一刻も手許から離さないようにするのであった。それにはお園も慌てた。彼女は子供のないのをひどく心細く思い、子供があったらこんな事にならなかったろうとも考えた。

早見の舟で準平も遭難したらしい、と聞いた時、お園は今度も亦、と直観的にそう思った。自分が準平を持て余していたということとこの遭難との間には動かすことのできない関係があるような気がした。まるで憑き物でもしたように彼女は一瞬間運命の手の厳しさをまざまざと思い描いて棒立ちになっていた。高沢は商人風なきらりと光る眼でそれを眺めて「早くせ」と言った。これでどうにか、と彼は思った。彼は事を荒立てたくなかったのである。

お園がお妙の傍に坐ると、今迄だまっていたお妙は急にお園の肩にすがりついて泣き出した。

「助かるべがねえ、助かるべがねえ」と言ってお妙は激しくお園に摑みかかるのであった。お園はぎょっとした。周りの者も妙な身じろぎをしたようであった。よしのや儀太郎に向っているときには口に出なかったお妙の激しい気持が肉親のお園に対して一度に堰《せき》を切って溢れ出たのであるけれども、それは準平の運命について自分が考えている予想を非難するような錯覚をお園に与えたのである。彼女はすぐ気をとりなおして、

「大丈夫だよ。大丈夫だよ」とお妙の脊をさするのであったが、何となく脊をさすられているお妙も自分と準平のことを知っていて、今になってはただ悲しみを二人で分とうとしているのではないかとも思われて来るのであった。すると思いがけなく、お妙の気持に引きずり込まれそうになって、彼女は不意に高沢や村の者の視線を自分の首筋に感じた。隠そうとしたって仕様がないと彼女は思った。ただ自分についてまわっている運命への確信だけが、底からじっくりとお園を支えているのであった。

何時までも吹雪いている海岸に待っていても仕方がないということが救助隊の人から言い出され、遭難者の家族や姻戚の人たちは近くの鳶丁の家で待ち、救助隊と青年団の者がその辺の海岸を交替で見張ることになった。お妙や、よしのや他の早見の舟の乗組の者の家族は鳶丁のがらんとした大きな台所のストオヴを囲んで蒼ざめた顔で坐っていた。お園

もしばらく皆と一緒に坐っていたが、自分の表情だけがはっきり皆と別なのが気になって、鳶丁で皆へ炊き出しを始めたのを機会に、高沢を残して家へ帰った。夜中に高沢が帰って来て、寝ていたお園の枕元に立って他人事のように投げやりな調子で言うのであった。早見の舟はいま忍路へ流れついたこと、それも湾の中でなく西側の波の荒い岩ばかりの岸へ寄ったので、舟にしがみついていた二三人は泳ぎ出したが暗い上に波がひどいのでみな助からず、最後まで舟に身体を縛りつけていた準平が息を吹きかえした。その電話で今馬橇《うまぞり》を仕立てて皆は出掛けたが、と言い、お園がまだ促すような顔をしていると、

「俺は行くのはやめだ」と冷たく言うのであった。

お園はそのまま眼をつぶり、これが当然の成り行きのような気もした。だがどこか深い内心の方で、とうとうあの運命に裏切られた以上は、これからは事が単純に運ばないのを覚悟しなければならない、と思っているのだった。

満願

太宰　治

■だざい・おさむ　一九〇九～四八
青森県生まれ。主な作品『斜陽』『人間失格』
初　出　『文筆』一九三八年九月号
初収録　『女生徒』（砂子屋書房、一九三九年）
底　本　『太宰治全集』第三巻（筑摩書房、一九九八年）

これは、いまから、四年まえの話である。私が伊豆の三島の知り合いのうちの二階で一夏を暮し、ロマネスクという小説を書いていたころの話である。或る夜、酔いながら自転車に乗りまちを走って、怪我をした。右足のくるぶしの上のほうを裂いた。疵《きず》は深いものではなかったが、それでも酒をのんでいたために、出血がたいへんで、あわてておお医者に駈けつけた。まち医者は三十二歳の、大きくふとり、西郷隆盛に似ていた。たいへん酔っていた。私と同じくらいにふらふら酔って診察室に現われたので、私は、おかしかった。治療を受けながら、私がくすくす笑ってしまった。するとお医者もくすくす笑い出し、とうとうたまりかねて、ふたり声を合せて大笑いした。

その夜から私たちは仲良くなった。お医者は、文学よりも哲学を好んだ。私もそのほうを語るのが、気が楽で、話がはずんだ。お医者の世界観は、原始二元論ともいうべきもので、世の中の有様をすべて善玉悪玉の合戦と見て、なかなか歯切れがよかった。私は愛という単一神を信じたく内心つとめていたのであるが、それでもお医者の善玉悪玉の説を聞くと、うっとうしい胸のうちが、一味爽涼《そうりょう》を覚えるのだ。たとえば、宵の私の訪問をもてなすのに、ただちに奥さんにビールを命ずるお医者自身は善玉であり、今宵はビールでなくブリッジ（トランプ遊戯の一種）いたしましょう、と笑いながら提議する奥さんこそは悪玉である、というお医者の例証には、私も素直に賛成した。奥さんは、小がらの、おたふくがおであったが、色が白く上品であった。子供はなかったが、奥さんの弟で沼津の商業学校にかよっているおとなしい少年がひとり、二階にいた。

お医者の家では、五種類の新聞をとっていたので、私はそれを読ませてもらいにほとんど毎朝、散歩の途中に立ち寄って、三十分か一時間お邪魔した。裏口からまわって、座敷の縁側に腰をかけ、奥さんの持って来る冷い麦茶を飲みながら、風に吹かれてぱらぱら騒ぐ新聞を片手でしっかり押えつけて読むのであるが、縁側から二間《けん》と離れていない、青草原のあいだを水量たっぷりの小川がゆるゆる流れていて、その小川に沿った細い道を自転車で通る牛乳配達の青年が、毎朝きまって、おはようございます、と旅の私に挨拶した。その時刻に、薬をとりに来る若い女のひとがあった。簡単服に下駄をはき、清潔な感じのひとで、よくお医者と診察室で笑い合っていて、ときたまお医者が、玄関までそのひとを見送り、

「奥さま、もうすこしのご辛棒《しんぼう》ですよ。」と大声で叱咤《しった》することがある。

お医者の奥さんが、或るとき私に、そのわけを語って聞かせた。小学校の先生の奥さま

で、先生は、三年まえに肺をわるくし、このごろずんずんよくなった。お医者は一所懸命で、その若い奥さまに、いまがだいじのところと、固く禁じた。奥さまは言いつけを守った。それでも、ときどき、なんだか、ふびんに伺うことがある。お医者は、その都度、心を鬼にして、奥さまもうすこしのご辛棒ですよ、と言外に意味をふくめて叱咤するのだそうである。

八月のおわり、私は美しいものを見た。朝、お医者の家の縁側で新聞を読んでいると、私の傍に横坐りに坐っていた奥さんが、

「ああ、うれしそうね。」と小声でそっと囁《ささや》いた。

ふと顔をあげると、すぐ眼のまえの小道を、簡単服を着た清潔な姿が、さっさっと飛ぶようにして歩いていった。白いパラソルをくるくるっとまわした。

「けさ、おゆるしが出たのよ。」奥さんは、また、囁く。

三年、と一口にいっても、――胸が一ぱいになった。年つき経つほど、私には、あの女性の姿が美しく思われる。あれは、お医者の奥さんのさしがねかも知れない。

久助君の話

新美南吉

■にいみ・なんきち　一九一三～四三
愛知県生まれ。主な作品『ごんぎつね』『手袋を買いに』
初　出『哈爾賓日日新聞』（一九三九年十月）
初収録『おぢいさんのランプ』（有光社、一九四二年）
底　本『校定　新美南吉全集』第二巻（大日本図書、一九八〇年）

久助君《きゅうすけ》は、四年から五年になるとき、学術優等品行方正の褒美をもらって来た。はじめて久助君が褒美をもらったので、電気会社の集金人であるお父さんは、ひじょうにいきごんで、それからは、久助君が学校から帰ったらすぐ、一時間勉強することに規則をきめてしまった。

久助君はこの規則を喜ばなかった。一時間たって、家の外に出て見ても、近所に友達が遊んでいないことが多いので、そのたびに友達を探して歩かねばならなかったからである。

秋のからりと晴れた午後のこと、久助君は柱時計が三時半を示すと、「ああできた。」と算術の教科書をぱたッととじ、机の前を立ちあがった。

そとに出るとまばゆいように明かるい。だが、やれやれ、今日も仲間達の声は聞えない。久助君はお宮の森の方へ耳をすました。

森は久助君のところから三町は離れていたが、久助君はそこに友達が遊んでいるかどうかを、耳で知ることができるのだった。だが、今日は、森はしんとしていてうまい返事をしない。つぎに久助君は、はんたいの方の夜学校のあたりに向って耳をすました。夜学校も三町ばかりへだたっている。だが、これもよい合図を送らない。

しかたがないので久助君は、彼等の集っていそうな場所を探してまわることにした。もうこんなことが、なんどあったかしれない。こんなことはほんとにいやだ。

さいしょ久助君は、宝蔵倉《ほうぞうぐら》の前にいって見た、多分の期待を持って。そこでよくみんなはキャッチボールをするから。しかし来てみると、誰もいない。そのはずだ、豆が庭いっぱいに乾してある。これじゃ何もして遊べない。

そのつぎに久助君は、北のお寺へ行った。ほんとうはあまり気がすすまなかったのだ。というのは、そこは別の通学団の遊び場所だったから。しかしこんなよい天気の日にひとりで遊ぶよりはましだったので、行ったのである。がそこにも、丈の高い雁来紅《はげいとう》が五六本、かっと秋日に映えて鐘撞堂《かねつきどう》の下に立っているばかりで、犬の子一匹いなかった。

まさか医者の家へなんか集っていることもあるまいが、ともかくのぞいてみようと思って、黄色い葉の混った豆畠の間を、徳一君の家の方へやって行った。その途中、乾草の積みあげてあるそばで兵太郎君にひょっくり出会ったのである。

兵太郎君はみんなからほら兵とあだなをつけられていたが、全くそうだった。こんな鰻《うなぎ》を掴んだといって両方の手の指で天秤棒《てんびんぼう》ほどの太さをして見せるので、ほんとうかと思って行って見ると、筆ぐらいのめそきんが、井戸ばたの黒い甕《かめ》の底に沈んでいるというふうである。またみんなが軍艦や飛行機の話をしていると、俺が武豊《たけとよ》で見たのは、といって、べらぼうなことを言い出すのだった。また兵太郎君は音痴《おんち》で、君が代もろくろく歌えなかったが、いっこうそんなことは気にせず、みんなが声を揃えて軍艦マーチをやっていると、すぐ唱和するので、みんなは調子が変になって、止《や》めてしまうのであった。だが、悪気はないのでみんなに嫌われてはいない。ときどき鼻を少し右にまげるようにして、きゅっと音をたててすいあげるのと、笑うとき床の上だろうが、道の上だろうが、ところきらわず下に転がる癖があった。体操の時、久助君のすぐ前なので、久助君は彼の頭のうしろ側にいくつ、どんな形の、はげがあるかをよく知っている。

兵太郎君は、てぶらで変に浮かぬ顔をしていた。

「みんな何処《どこ》に行ったか知らんかア。」

と久助君がきいた。

「知らんげや。」

と兵太郎君が答えた。そんな事なんかどうでもいいという顔をしている。丸太棒《まるたんぼう》の端を大工さんがのみで、ちょっちょと彫ってできたようなその顔を、久助君はまぢかにつくづくと見た。

「徳一がれに居やひんかア。」

と、久助君がまたきいた。

「居やひんだらア。」

と、兵太郎君が答えた。赤とんぼが兵太郎君のうしろを通っていって、乾草にとまった。その翅《はね》が陽の光をうけてきらりと光った。

「行って見よかよオ。」

と、久助君がじれったそうにいった。

「ううん。」

と兵太郎君はなまへんじをした。

「なア、行こうかよオ。」

と、久助君はうながした。

「んでも、徳やん、さっきおっ母《か》ンといっしょに、半田の方へ行きよったぞ。」

と、兵太郎君はいって、強い香を放っている乾草のところに近づき、なかば転がるようにもたれかかった。

久助君は、徳一君のところにも仲間達はいないことが分って、がっかりした。が兵太郎君の動作を見たら、きゅうに、ここで兵太郎君と二人きりで遊ぼう、それでもじゅうぶん面白いという気がわいて来た。乾草の積んであるところとか、藁積のならんでいるところは、子供にはひじょうに沢山の楽しみを与えてくれるものだ。そこで久助君も兵太郎君のそばへいって、自分のからだを、ゴムまりのように乾草に向って投げつけた。乾草はふわりと、やわらかに温かく久助君をうけとった。とたんに、ひちひちと音をたてて、ばったが頭の上から豆畠の方へ飛んでいった。

久助君は、頭や耳に草のすじがかかったが、取ろうとしなかった。乾草の山は昼間じゅう太陽に温められていたので、そこにもたれかかっていると、お母さんのふところに抱かれていたじぶんを憶い出させるようなぬくとさだった。久助君は猫のようにくるいたい衝動が体の中にうずうずするのを感じた。

「兵タン、相撲とろうかやア。」

と、久助君はいった。

「やだ。昨日相撲しとって、袖ちぎって家で叱られたもん。」

と、兵太郎君が答える。そして膝を貧乏ゆるぎさせながら、仰向けに空を見ている。

「んじゃ、蛙とびやろかア。」

と、久助君がいう。

「あげなもな面白かねえ。」

と、兵太郎君は一言のもとにはねつけて、鼻をきゅっと鳴らす。

久助君はしばらく黙っていたが、ものたりなくてしようがない。ころころと兵太郎君の方へ転がり近づいていって、草の先を、仰向いている兵太郎君の耳の中へ入れようとした。兵太郎君はほら吹きでひょうきんで、人をよく笑わせるが、こういう種類のからかいはあまり好まない。自尊心が傷つけられるからだ。

「やめよオッ。」

と、兵太郎君がどなった。

兵太郎君が怒って久助君に向って来れば、それは久助君の望むところだった。

「あんまり耳糞がたまっとるで、ちょっと掃除してやらア。」

といって、久助君はまた草の先で、兵太郎君の頭にぺしゃんとはりついた耳をくすぐる。兵太郎君は怒っているつもりであったが、くすぐったいのでとつぜんひあっというような声をあげて笑いだした。そして久助君の方にぶつかって来た。

そこで二人は、お互いが猫の仔《こ》のようなものになってしまったことを感じた。それから二人は、乾草にくるまりながら、上になり下になりしてくるいはじめた。

しばらくの間久助君は、冗談のつもりでくるっていた。相手もそのつもりでやっていることだと思っていた。ところが、そのうちに、久助君は一つの疑問にとらわれだした。どうも相手は本気になってやっているらしい。久助君を下からはねのける時に久助君の胸を突いたが、どうも冗談半分の争いの場合の力の入れかたとは違っている。また久助君を上から抑えつけるときの、相手の瘦せた腕がぶるぶるとふるえている。冗談半分ならそんなことはないはずである。

相手が真剣なら、此方も真剣にならなきゃいけない、と久助君はそのつもりになって、一生懸命にやりだしたが、そうするうちに間もなくまた次ぎの疑問が湧いて来た。やはり兵太郎君は冗談半分と心得てくるっているらしい。久助君の手が、あやまって相手の脇の下から熱っぽいふところにもぐりこんだとき、兵太郎君はクックックッと笑ったからである。

相手が冗談でやっているのなら、此方だけ真剣でやっているのは男らしくないことなので、此方もそのつもりになろうと思っていると、間もなくまた前の疑問が頭をもたげる。

二つの疑問が交互に現れたり消えたりしたが、二人はともかくくるいつづけた。

久助君は顔を乾草に押しつけられて、乾草をくわえたり、乾草があるつもりでひっくり返ったところに乾草がなくて、頭をじかに地べたにぶつけ、じーんと頭中が鳴渡って、熱い涙がうかんだりした。

また、しっかりと、複雑に、手足を相手の手足にからませているときは、自分と相手の足の区別などはっきりつかないので、相手の足を抑えつけたつもりで、自分のもう一方の足を抑えつけたりしていることもあった。

取っ組み合いは夕方まで続いた。帯はゆるみ、着物はだらしなくなってしまい、じっとり汗ばんだ。

何度目かに久助君が上になって兵太郎君を抑えつけたら、もう兵太郎君は抵抗しなかった。二人はしいんとなってしまった。二町ばかり離れた路を通るらしい車の輪の音がからからと聞えて来た。それがはじめて聞いたこの世の物音のように感じられた。その音はもう夕方になったということを久助君にしらせた。

久助君はふいと寂しくなった。くるいすぎたあとに、いつも感じるさびしさである。もうやめようと思った。だがもしこれで起ちあがって、兵太郎君がベソをかいていたら、どんなにやりきれぬだろうということを、久助君は痛切に感じた。おかしいことに、取っ組み合いの間中、久助君はいっぺんも相手の顔を見なかった。今こうして相手を抑えていながらも、自分の顔は相手の胸の横にすりつけて下を向いているので、やはり相手の顔は見ていないのである。

兵太郎君は身動きもせず、じっとしている。かなり早い呼吸が久助君の顔に伝って来る。兵太郎君はいったい何を考えているのだろう。

久助君はちょっと手をゆるめて見た。だが相手はもうその虚に乗じては来ない。久助君は手を放してしまった。それでも相手は立ちなおろうとしない。そこで久助君はついに立ちあがった。すると兵太郎君もむっくりと起きあがった。

兵太郎君は久助君のすぐ前に立つと、何もいわないで地平線のあたりをややしばらく眺めていた。何ともいえないさびしそうなまなざしで。

久助君はびっくりした。久助君のまえに立っているのは、兵太郎君ではない、見たこともない、さびしい顔つきの少年である。

何ということか。兵太郎君だと思いこんで、こんな知らない少年と、じぶんは、半日くるっていたのである。

久助君は世界がうらがえしになったように感じた。そしてぼけんとしていた。

いったい、これは誰だろう。じぶんが半日くるっていたこの見知らぬ少年は。……なんだ、やはり兵太郎君じゃないか。やっぱり相手は、ひごろの仲間の兵太郎君だった。

そうわかって久助君はほっとした。

だが、それからの久助君はこう思うようになった。──わたしがよく知っている人間でも、ときにはまるで知らない人間になってしまうことがあるものだと。そして、わたしがよく知っているのがほんとうのその人なのか、わたしの知らないのがほんとうのその人なのか、わかったもんじゃない、と。そしてこれは、久助君にとって、一つの新しい悲しみであった。

コブタンネ

金史良

■きむ・さりゃん　一九一四〜五〇？
平壌生まれ。主な作品『光の中に』『天馬』
初　出　未詳
初収録　『光の中に』（小山書店、一九四〇年）
底　本　『金史良全集』Ⅰ（河出書房新社、一九七三年）

別段金持である訳ではないが、昔から私の家には広い庭があり、それに又大きな倉があった。秋のとり入れ頃になると、田舎から牛車がひっきりなしに詰めかけて来て、この庭には籾俵が山と積み上げられ、倉庫にも亦一杯に穀物が積み込まれる。それで道を行く人達でさえ世間には大した金持がいるものだと、羨しそうに覗き込んだり、又恨めしそうに呟いたりした。けれどほんとうは他の金持の親戚達が厄介だろうけれど冬中でも置いて頂こうという訳で、自分達の穀物を預けていたのである。綺麗好きな母はそれがいささか家の風致を害するといってこぼしていたけれど、私の父は此の冬の間が一等機嫌も気前もよくて、それに風采も上るのだった。多分父は自分がほんとうの大金持にでもなったと思い違いしているのかも知れなかった。

けれどそれは兎も角籾俵の山が出来、倉が穀物で一杯になったというので一番嬉しがるのは、やはり誰をさておいて私だったのだ。というのは近所の小兵共を何十人も狩り集めて来て、そこら一帯を舞台として鬼ごっこは勿論、ナルパラム（戦争遊び）が出来たからである。私はその頃やっと十一二位だったろうと思うけれど、立派に一人前の餓鬼大将であり、それに私の小兵共は又私に心服していた訳だった。今も私はこの小兵共の一人一人を憶い起すことが出来る。その中にたった一人の女兵がいた。

それはコブタンネと云って、私の家の貸部屋に住む娘だった。私より二つ三つ年は上だったが、目の大きい、始終よくはにかんで笑う子だった。だがともするとしゃんと澄ましてそっぽをむいてしまうような妙に小生意気でませた所がある。そのコブタンネが時々母の目を盗んでこっそり飛び出して来ては、鬼ごっこに入れて貰い、自分も一緒に倉の中の籾俵の陰や隅っこに声を潜《ひそ》めて隠れる。すると彼女の母は後からぎゃあぎゃあ喚きながら捜し廻った。

「コブタンネやーい、コブタンネやーい」

こうなると鬼ごっこはいよいよ面白くなり、皆は方々の隅っこに潜んでしまって声を出さない。彼女の家はその頃大変貧乏だったので、父は支械《チゲ》稼ぎにほっつき廻るし、母は不良品の靴下を工場から引き受けて来てはつぎはぎしていた。コブタンネはそれをたどたどしいながら助けていたのである。

「この阿魔《あま》、何処へ隠れたんだよう！　コブタンネやーい」

その日はどうしたものかコブタンネは私と同じい隠れ場所へはいっていた。始めは私は意地悪な面白さで、彼女に薄暗がりを通してくすりと笑いかけながら、答えるなと手を振ってみせた。すると彼女もくすくす笑ったがその目がぎらぎら輝いてとても綺麗だった。彼女の母はもう死物狂に怒り上ってコブタンネやーイ、やーイと悪舌を浴びせながら喚き立てる。それで私は少々こわくなって、

「出てけよ」と小さく囁いた。ところが彼女は益々深く潜《もぐ》り込んで来てぴったりと私の方に体をつけ、それから私が気味悪くなって出てけ、出てけよと続けると、彼女は私の体へいきなり抱き附いた。怯《おび》えているんだなあと思ったが、彼女の体はふるえてはいなかった。勿論薄暗い倉の中のしかも大将の隠れるような一番奥深い隅っこなので、彼女の顔さえそうはっきり見えはしないが、だんだん私は何だか息苦しいような、そして面はゆいような気恥しさで何も云えなかった。彼女は小さく呟いた。

「今出て行ったらあたいうんとぶたれるの」

それからものの十分か二十分もそういう風にしていたであろうか、その中に彼女の母の声はだんだんと遠くの方へ消えて行き、隠れていた小兵共はいい加減に這い出て来て、私達二人の名をしきりに呼びながらもう出て来ていいと叫び廻る。それで私は照れかくしに、

「おら出てく」と行った。すると、

「あんたが先きに出たらどうするの、みんなが二人をおかしく思うじゃないの！」と彼女は激しくとがめた。「あたいが先にすまして出るから、あんたは後から出ていらっしゃい」

私はその時はまだはっきり彼女の云う意味が分らなかったが、妙に大人振ろうとしてそれもそうだなというふうに肯いて、暗がりの中でもう十分間もちぢかんでいたのである。その後から私は彼女に会うとどうもきまりが悪かった。だが、コブタンネは全く平気でいつものようにしらを切っている。勿論その後も彼女と同じような鬼ごっこは続けたのであるが——。

それから確かその翌年の秋の暮だったと思うが、彼女はもうその間に以前とは見違える程大きくなって、私は心では何だ、小娘奴がと思いたいが、どうしても姉さん株位には疎《うと》まねばならないような気持だった。その時はもうコブタンネは一人前の靴下工場の少女工になっていたのである。私はその年も相変らず他の小兵達と籾の山の上を駆け廻ったり倉の中を荒し廻ったりしていたが、彼女は私には一目もくれずにうるさい子供達といったような大人びた顔附をしていた。私は正直な所それを憤慨したと云うよりも少々淋しがった。ところが或日のこと、いつものように私達が倉の中で隠れん坊をしているとコブタンネがこっそりはいって来た。そして私が一つの隅っこへ隠れるのを見て、自分もその方へ小猫のようにはいって来た。おやおやあんな大きな体の子がどうするつもりだろうと思ってみていると、だが難なく自分の隠れ場所へ易々と潜り込んで来たのである。それは丁度倉の鉄格子の傍だったのでそんなに暗くはなかった。私はどうしていいかおずおずしながら気紛れな彼女の顔をじっと眺めた。彼女は表でのようにやはり澄まし込んでいるが、何だかそれでもそわそわしている様子だった。ここで私は一つ威張って何か云ってやろうかと思ったが、ごそごそと懐から紙片を取り出すなりコブタンネが先に口を切ったのである。

「これを読んでくれない」私にくれたのは鉛筆で書いたきたならしい手紙だった。私は彼女の顔を見た。そして黙って読んだ。私はどうしたものか立ち所に叫んだ。

「こんなのなんか不良《マンナニ》の手紙だい！」

「どうしたの、何と書いてあるの」

「橋の所で会いたいと云うんだい。行くない、きっと不良《マンナニ》だよ」

彼女の大きな目はきらきらと光って見えた。そしてそれは夢みるような何かの憧れをもって美しく輝いていたのである。その後間もなく私は母が誰か近所の人に、可哀想にもコブタンネは男の職工さんと恋愛をしているのが分って誠になり、今は或る内地人の所へ女中奉公に出ていると云っているのを聞いた。私は却ってそれがいいとひそかに悦んだ。ところが或る日私はその時も一人で庭の籾俵の山の上でやーいやーいと号令をしていたが、コブタンネが下の方を澄まして通っていたかと思うと、一寸《ちょっと》人の見えないようになった所へ来るなりふいに立ち止って、私に下りて来いと合図をするのだった。

「何だい」と云って私は下りて行った。わざと彼女に自分が今はそんな鼻たれ小僧でないことを示すために、私は威張ったようなぶっきらぼうな態度を示そうとして懐手をしたまま胸をそらして立ちはだかった。

「あのね、一つ訊くことがあるの」

「何よ」

「あたいの行っているところの中学生がいじめたりへんなことをしたりするの」

私はぎくりとし、それから目を瞠《みは》った。

「それで、どうしたんだい」

「何と云って怒ってやったらいいの」

「畜生、畜生と云えばいい、そう云うんだ。そういうんだよ」

彼女はびっくりして何度も何度も口真似をしながら一言でも覚えようとした。私は一生懸命になって教えた。だがとうとう、彼女は畜生という言葉をよくは覚えずにそのまま帰って行った。

その二三日後、又私は母が誰かにコブタンネは内地人の所で大事な若旦那さんにツクソ(死ぬぞ)と云ったので追い返されたと気の毒そうに話しているのを聞いた。彼女の一家が私の家の貸部屋を打ち払ってどこかへ引越して行ったのも、それから間もないことである。私も大門の所で彼女の古ぼけたがらくた荷物を見送ったが、コブタンネは私の父や母には丁寧なお別れを告げていたけれど、私には澄まして目の玉一つ動かさずすごすごと遠のいて行った。コブタンネにさようならを云いなさいと母は私をしきりにおだてたけれど、私はつい不機嫌になってそっぽを向き、誰がそんなことを云ってやるもんかと呟いた。

今から考えて見ればもう今年だけで十四五年にもなろう。凡《すべ》ては余りにも変ったものだ。その間に父も死に、私の家も街の中から郊外の丘の上へ引越してしまい、以前よりも庭も狭く倉もない侘しい住居となっている。或る日の夕、私は自分の書斎で何か深い物思いに耽り、いろいろと昔のことを考えながらあのちびの小兵共は今どうしているのだろう、又コブタンネは昔の恋人と結婚でもしたのだろうか等と、とりとめもない追想を楽しんでいた。その時大門を開く音がして何か呼びかける若やいだ甲高い女の声がする。気のせいか、一寸その声が聞いたような響をもっていると思われたので変だなあと呟いた。世には偶然というものがある。ほんとうに昔のあのコブタンネかも知れない、だがどうしてもそんなことのあろう筈がないので、やはり今も自分はコブタンネを忘れないのだろうかと苦笑した。その時又女の声がした。

「貰部屋《セバン》オブケッソ（ないでしょうか）」

それをやがて母が聞きとってから縁側へ出て行ったと思うと、急に庭の方がざわめくような声々でにぎやかに騒いでいるのが聞えた。それから母が妹の方に向って叫んでいる。

「昔のコブタンネさんが来たんですよ。コブタンネさんが」

私ははっと驚いてつい硝子窓を開け庭を覗いてみた。果してそこには昔とそれ程物腰や恰好の変っていないコブタンネが立っている。もう三十近くなっているのだろうか、背中には赤ちゃんが背負われ、彼女の裳裾《チマ》には昔の私の年位な男の子がまつわりついていた。彼女は窓の開く音に始めは驚いて振り向いたが私の顔を見附けると、やはり以前のようにさっと澄まし込んでいかにもそ知らないといった顔附をするのだった。そして顔を火照《ほて》らせながら母に云っていた。

「ほんとにあたし驚きましたわ。此頃はどこにも貸部屋《セバン》がないでしょう、それで今も空部屋を捜し廻っていた所でしたのよ」

何一つ変っていないのはコブタンネ丈だった。そして彼女が貧乏していることも。――

名人伝

中島　敦

■なかじま・あつし　一九〇九～四二
東京生まれ。主な作品『山月記』『李陵』
初　出　『文庫』一九四二年十二月号
初収録　『中島敦全集』第一巻（筑摩書房、一九四八年）
底　本　『中島敦全集』3（ちくま文庫、一九九三年）

趙《ちょう》の邯鄲《かんたん》の都に住む紀昌《きしょう》という男が、天下第一の弓の名人になろうと志を立てた。己の師と頼むべき人物を物色するに、当今弓矢をとっては、名手・飛衛《ひえい》に及ぶ者があろうとは思われぬ。百歩を隔てて柳葉を射るに百発百中するという達人だそうである。紀昌は遥々《はるばる》飛衛をたずねて其の門に入った。

飛衛は新入の門人に、先ず瞬きせざることを学べと命じた。紀昌は家に帰り、妻の機織《はたおり》台の下に潜り込んで、其処に仰向けにひっくり返った。眼とすれすれに機躡《まねき》が忙しく上下往来するのをじっと瞬かずに見詰めていようという工夫である。理由を知らない妻は大いに驚いた。第一、妙な姿勢を妙な角度から良人《おっと》に覗かれては困るという。厭《いや》がる妻を紀昌は叱りつけて、無理に機を織り続けさせた。来る日も来る日も彼はこの可笑しな恰好で、瞬きせざる修練を重ねる。二年の後には、遽《あわた》だしく往返する牽挺《まねき》が睫毛を掠《かす》めても、絶えて瞬くことがなくなった。彼は漸《ようや》く機の下から匍出《はいだ》す。最早、鋭利な錐《きり》の先を以て瞼《まぶた》を突かれても、まばたきをせぬ迄になっていた。不意に火の粉が目に飛入ろうとも目の前に突然灰神楽《はいかぐら》が立とうとも、彼は決して目をパチつかせない。彼の瞼は最早それを閉じるべき筋肉の使用法を忘れ果て、夜、熟睡している時でも、紀昌の目はクワッと大きく見開かれた儘である。竟《つい》に、彼の目の睫毛と睫毛との間に小さな一匹の蜘蛛が巣をかけるに及んで、彼は漸く自信を得て、師の飛衛に之を告げた。

それを聞いて飛衛がいう。瞬かざるのみでは未だ射《しゃ》を授けるに足りぬ。次には、視ることを学べ。視ることに熟して、さて、小を視ること大の如く、微《び》を見ること著《ちょ》の如くなったならば、来って我に告げるがよいと。

紀昌は再び家に戻り、肌着の縫目から虱《しらみ》を一匹探し出して、之を己が髪の毛を以て繋いだ。そうして、それを南向きの窓に懸け、終日睨み暮らすことにした。毎日毎日彼は窓にぶら下った虱を見詰める。初め、勿論それは一匹の虱に過ぎない。二三日たっても、依然として虱である。所が、十日余り過ぎると、気のせいか、どうやらそれがほんの少しながら大きく見えて来たように思われる。三月目の終りには、明らかに蚕ほどの大きさに見えて来た。虱を吊るした窓の外の風物は、次第に移り変る。熙々《きき》として照っていた春の陽は何時《いつ》か烈しい夏の光に変り、澄んだ秋空を高く雁《がん》が渡って行ったかと思うと、はや、寒々とした灰色の空から霙《みぞれ》が落ちかかる。紀昌は根気よく、毛髪の先にぶら下った有吻類《ゆうふんるい》・催《さい》痒性《ようせい》の小節足動物を見続けた。その虱も何十匹となく取換えられて行く中に、早くも三年の月日が流れた。或日ふと気が付くと、窓の虱が馬の様な大きさに見えていた。占めたと、紀昌は膝を打ち、表へ出る。彼は我が目を疑った。人は高塔であった。馬は山であった。豚は丘の如く、雞《とり》は城楼と見える。雀躍して家にとって返した紀昌は、再び窓際の虱に立向い、燕角《えんかく》の弧《ゆみ》に朔蓬《さくほう》の簳《やがら》をつがえて之を射れば、矢は見事に虱の心の臓を貫いて、しかも虱を繋いだ毛さえ断《き》れぬ。

紀昌は早速師の許に赴いて之を報ずる。飛衛は高蹈《こうとう》して胸を打ち、初めて「出かしたぞ」と褒めた。そうして、直ちに射術の奥儀秘伝を剰《あま》す所なく紀昌に授け始めた。

目の基礎訓練に五年もかけた甲斐があって紀昌の腕前の上達は、驚く程速い。

奥儀伝授が始まってから十日の後、試みに紀昌が百歩を隔てて柳葉を射るに、既に百発百中である。二十日の後、一杯に水を湛えた盃を右肱《みぎひじ》の上に載せて剛弓を引くに、狙いに狂いの無いのは固《もと》より、杯中の水も微動だにしない。一月の後、百本の矢を以て速射を試みた所、第一矢が的に中《あた》れば、続いて飛来った第二矢は誤たず第一矢の括《やはず》に中って突き刺さり、更に間髪を入れず第三矢の鏃《やじり》が第二矢の括にガッシと喰い込む。矢矢《しし》相属し、発発《はっはっ》相及んで、後矢の鏃は必ず前矢の括に喰入るが故に、絶えて地に墜ちることがない。瞬く中に、百本の矢は一本の如くに相連なり、的から一直線に続いた其の最後の括は猶《なお》弦を銜《ふく》むが如くに見える。傍で見ていた師の飛衛も思わず「善し！」と言った。

二月の後、偶々《たまたま》家に帰って妻といさかいをした紀昌が之を威《おど》そうとて烏号《うごう》の弓に棊衛《きえい》の矢をつがえきりりと引絞って妻の目を射た。矢は妻の睫毛三本を射切って彼方へ飛び去ったが、射られた本人は一向に気づかず、まばたきもしないで亭主を罵り続けた。蓋《けだ》し、彼の至芸による矢の速度と狙いの精妙さとは、実に此の域に迄達していたのである。

最早師から学び取るべき何ものも無くなった紀昌は、或日、ふと良からぬ考えを起した。

彼が其の時独りつくづくと考えるには、今や弓を以て己に敵すべき者は、師の飛衛をおいて外に無い。天下第一の名人となるためには、どうあっても飛衛を除かねばならぬと。秘かに其の機会を窺っている中に、一日偶々郊野に於《おい》て、向うから唯一人歩み来る飛衛に出遇った。咄嗟に意を決した紀昌が矢を取って狙いをつければ、その気配を察して飛衛も亦弓を執って相応ずる。二人互いに射れば、矢は其の度に中道にして相当り、共に地に墜ちた。地に落ちた矢が軽塵をも揚げなかったのは、両人の技が何れも神に入っていたからであろう。さて、飛衛の矢が尽きた時、紀昌の方は尚一矢を余していた。得たりと勢込んで紀昌が其の矢を放てば、飛衛は咄嗟に、傍なる野茨の枝を折り取り、その棘《とげ》の先端を以てハッシと鏃を叩き落した。竟に非望の遂げられないことを悟った紀昌の心に、成功したならば決して生じなかったに違いない道義的慚愧《ざんき》の念が、此の時忽焉《こつえん》として湧起った。飛衛の方では、又、危機を脱し得た安堵と己が伎倆に就いての満足とが、敵に対する憎しみをすっかり忘れさせた。二人は互いに駈寄ると、野原の真中に相抱いて、暫《しば》し美しい師弟愛の涙にかきくれた。（斯《こ》うした事を今日の道義観を以て見るのは当らない。美食家の斉《せい》の桓公《かんこう》が己の未だ味わったことのない珍味を求めた時、厨宰《ちゅうさい》の易牙《えきが》は己が息子を蒸焼にして之をすすめた。十六歳の少年、秦の始皇帝は父が死んだ其の晩に、父の愛妾を三度襲うた。凡《すべ》てそのような時代の話である。）

涙にくれて相擁しながらも、再び弟子が斯《か》かる企みを抱くようなことがあっては甚だ危いと思った飛衛は、紀昌に新たな目標を与えて其の気を転ずるに如《し》くはないと考えた。彼は此の危険な弟子に向って言った。最早、伝うべき程のことは悉《ことごと》く伝えた。儞《なんじ》がもし之以上斯の道の蘊奥《うんおう》を極めたいと望むならば、ゆいて西の方《かた》大行の嶮《けん》に攀《よ》じ、霍山《かくざん》の頂を極めよ。そこには甘蠅《かんよう》老師とて古今を曠《むな》しゅうする斯道《しどう》の大家がおられる筈。老師の技に比べれば、我々の射の如きは殆ど児戯に類する。儞の師と頼むべきは、今は甘蠅師の外にあるまいと。

紀昌は直ぐに西に向って旅立つ。其の人の前に出ては我々の技の如き児戯にひとしいと言った師の言葉が、彼の自尊心にこたえた。もしそれが本当だとすれば、天下第一を目指す彼の望も、まだまだ前途程遠い訳である。己が業が児戯に類するかどうか、兎にも角にも早く其の人に会って腕を比べたいとあせりつつ、彼は只管《ひたすら》に道を急ぐ。足裏を破り脛《すね》を傷つけ、危巌を攀じ桟道を渡って、一月の後に彼は漸く目指す山巓《さんてん》に辿りつく。

気負い立つ紀昌を迎えたのは、羊のような柔和な目をした、しかし酷くよぼよぼの爺さんである。年齢は百歳をも超えていよう。腰の曲っているせいもあって、白髯《はくぜん》は歩く時も地に曳きずっている。

相手が聾かも知れぬと、大声に遽だしく紀昌は来意を告げる。己が技の程を見て貰い度い旨を述べると、あせり立った彼は相手の返辞をも待たず、いきなり背に負うた楊幹《ようかん》麻筋《まきん》の弓を外して手に執った。そうして、石碣《せきけつ》の矢をつがえると、折から空の高くを飛び過ぎて行く渡り鳥の群に向って狙いを定める。弦に応じて、一箭忽ち五羽の大鳥が鮮やかに碧空を切って落ちて来た。

一通り出来るようじゃな、と老人が穏かな微笑を含んで言う。だが、それは所詮射之射《しゃのしゃ》というもの、好漢未だ不射之射《ふしゃのしゃ》を知らぬと見える。

ムッとした紀昌を導いて、老隠者は、其処から二百歩ばかり離れた絶壁の上迄連れて来る。脚下は文字通りの屛風の如き壁立千仭《へきりつせんじん》、遥か真下に糸のような細さに見える渓流を一寸《ちょっと》覗いただけで忽ち眩暈《めまい》を感ずる程の高さである。その断崖から半ば宙に乗出した危石の上につかつかと老人は駈上り、振返って紀昌に言う。どうじゃ。此の石の上で先刻の業を今一度見せて呉れぬか。今更引込もならぬ。老人と入代りに紀昌が其の石を履んだ時、石は微かにグラリと揺らいだ。強いて気を励まして矢をつがえようとすると、丁度崖の端から小石が一つ転がり落ちた。その行方を目で追うた時、覚えず紀昌は石上に伏した。脚はワナワナと顫《ふる》え、汗は流れて踵に迄至った。老人が笑いながら手を差し伸べて彼を石から下し、自ら代って之に乗ると、では射《しゃ》というものを御目にかけようかな、と言った。まだ動悸がおさまらず蒼ざめた顔をしてはいたが、紀昌は直ぐに気が付いて言った。しかし、弓はどうなさる？　弓は？　老人は素手だったのである。弓？　と老人は笑う。弓矢の要る中はまだ射之射じゃ。不射之射には、烏漆《うしつ》の弓も粛慎《しゅくしん》の矢もいらぬ。

丁度彼等の真上、空の極めて高い所を一羽の鳶《とんび》が悠々と輪を画いていた。その胡麻粒ほどに小さく見える姿を暫く見上げていた甘蠅が、やがて、見えざる矢を無形の弓につがえ、満月の如くに引絞ってひょうと放てば、見よ、鳶は羽ばたきもせず中空から石の如くに落ちて来るではないか。

紀昌は慄然とした。今にして始めて芸道の深淵を覗き得た心地であった。

九年の間、紀昌は此の老名人の許に留まった。その間如何なる修業を積んだものやらそれは誰にも判らぬ。

九年たって山を降りて来た時、人々は紀昌の顔付の変ったのに驚いた。以前の負けず嫌いな精悍な面魂は何処《どこ》かに影をひそめ、何の表情も無い、木偶《でく》の如く愚者の如き容貌に変っている。久しぶりに旧師の飛衛を訪ねた時、しかし、飛衛はこの顔付を一見すると感嘆して叫んだ。之でこそ初めて天下の名人だ。我儕《われら》の如き、足下《あしもと》にも及ぶものでないと。

邯鄲の都は、天下一の名人となって戻って来た紀昌を迎えて、やがて眼前に示されるに違いない其の妙技への期待に湧返った。

所が紀昌は一向に其の要望に応えようとしない。いや、弓さえ絶えて手に取ろうとしない。山に入る時に携えて行った楊幹麻筋の弓も何処かへ棄てて来た様子である。其のわけを訊ねた一人に答えて、紀昌は懶《ものう》げに言った。至為は為す無く、至言は言を去り、至射は射ることなしと。成程と、至極物分りのいい邯鄲の都人士は直ぐに合点した。弓を執らざる弓の名人は彼等の誇となった。紀昌が弓に触れなければ触れない程、彼の無敵の評判は愈々《いよいよ》喧伝された。

様々な噂が人々の口から口へと伝わる。毎夜三更を過ぎる頃、紀昌の家の屋上で何者の立てるとも知れぬ弓弦の音がする。名人の内に宿る射道の神が主人公の睡っている間に体内を脱け出し、妖魔を払うべく徹宵《てつしょう》守護に当っているのだという。彼の家の近くに住む一商人は或夜紀昌の家の上空で、雲に乗った紀昌が珍しくも弓を手にして、古の名人・羿《げい》と養由基《ようゆうき》の二人を相手に腕比べをしているのを確かに見たと言い出した。その時三名人の放った矢はそれぞれ夜空に青白い光芒を曳きつつ参宿《しんしゅく》と天狼星《てんろうせい》との間に消去ったと。紀昌の家に忍び入ろうとした所、塀に足を掛けた途端に一道の殺気が森閑とした家の中から奔り出てまともに額を打ったので、覚えず外に顚落したと白状した盗賊もある。爾来、邪心を抱く者共は彼の住居の十町四方は避けて廻り道をし、賢い渡り鳥共は彼の家の上空を通らなくなった。

雲と立罩《たちこ》める名声の只中に、名人紀昌は次第に老いて行く。既に早く射を離れた彼の心は、益々枯淡虚静の域にはいって行ったようである。木偶の如き顔は更に表情を失い、語ることも稀となり、ついには呼吸の有無さえ疑われるに至った。「既に、我と彼との別、是と非との分を知らぬ。眼は耳の如く、耳は鼻の如く、鼻は口の如く思われる。」というのが、老名人晩年の述懐である。

甘蠅師の許を辞してから四十年の後、紀昌は静かに、誠に煙の如く静かに世を去った。その四十年の間、彼は絶えて射《しゃ》を口にすることが無かった。口にさえしなかった位だから、弓矢を執っての活動などあろう筈が無い。勿論、寓話作者としてはここで老名人に掉尾《とうび》の大活躍をさせて、名人の真に名人たる所以《ゆえん》を明らかにしたいのは山々ながら、一方、又、何としても古書に記された事実を曲げる訳には行かぬ。実際、老後の彼に就いては唯無為にして化したとばかりで、次の様な妙な話の外には何一つ伝わっていないのだから。

その話というのは、彼の死ぬ一二年前のことらしい。或日老いたる紀昌が知人の許に招かれて行った所、その家で一つの器具を見た。確かに見憶えのある道具だが、どうしても其の名前が思出せぬし、其の用途も思い当らない。老人は其の家の主人に尋ねた。それは何と呼ぶ品物で、又何に用いるのかと。主人は、客が冗談を言っているとのみ思って、ニヤリととぼけた笑い方をした。老紀昌は真剣になって再び尋ねる。それでも相手は曖昧な笑を浮べて、客の心をはかりかねた様子である。三度紀昌が真面目な顔をして同じ問を繰返した時、始めて主人の顔に驚愕の色が現れた。彼は客の眼を凝乎《じっ》と見詰める。相手が冗談を言っているのでもなく、気が狂っているのでもなく、又自分が聞き違えをしているのでもないことを確かめると、彼は殆ど恐怖に近い狼狽を示して、吃りながら叫んだ。

「ああ、夫子《ふうし》が、――古今無双の射の名人たる夫子が、弓を忘れ果てられたとや？　ああ、弓という名も、その使い途も！」

其の後当分の間、邯鄲の都では、画家は絵筆を隠し、楽人は瑟《しつ》の絃《げん》を断ち、工匠は規矩《きく》を手にするのを恥じたということである。

木の都

織田作之助

■おだ・さくのすけ　一九一三〜四七
大阪府生まれ。主な作品『夫婦善哉』『世相』
初　出『新潮』一九四四年三月号
初収録『猿飛佐助』（三島書房、一九四六年）
底　本『織田作之助全集』第五巻（講談社、一九七〇年）

大阪は木のない都だといわれているが、しかし私の幼時の記憶は不思議に木と結びついている。

それは、生国魂《いくたま》神社の境内の、巳《み》さんが棲んでいるといわれて怖くて近寄れなかった樟《くすのき》の老木であったり、北向八幡《きたむきはちまん》の境内の蓮池に落《はま》った時に濡れた着物を干した銀杏《いちょう》の木であったり、中寺町のお寺の境内の蟬の色を隠した松の老木であったり、源聖寺《げんしょうじ》坂や口《くち》縄《なわ》坂を緑の色で覆うていた木々であったり、――私はけっして木のない都で育ったわけではなかった。大阪はすくなくとも私にとっては木のない都ではなかったのである。

試みに、千日前《せんにちまえ》界隈の見晴らしの利く建物の上から、はるか東の方を、北より順に高津《こうず》の高台、生玉《いくたま》の高台、夕陽丘《ゆうひがおか》の高台と見て行けば、何百年の昔からの静けさをしんと底にたたえて鬱蒼たる緑の色が、煙と埃に濁った大気の中になお失われずにそこにあることがうなずかれよう。

そこは俗に上町《うえまち》とよばれる一角である。上町に育った私たちは船場《せんば》、島ノ内《しまのうち》、千日前界隈へ行くことを、「下へ行く」といっていたけれども、しかし俗にいう下町に対する意味での上町ではなかった。高台にある町ゆえに上町とよばれたまでで、ここには東京の山の手といったような意味も趣きもなかった。これらの高台の町は、寺院を中心に生れた町であり、「高き屋に登りてみれば」と仰せられた高津宮の跡をもつ町であり、町の品格は古い伝統の高さに静まりかえっているのを貴しとするのが当然で、事実またその趣きもうかがわれるけれども、しかし例えば高津表門筋や生玉の馬場先《ばばさき》や中寺町のガタロ横町などという町は、もう元禄の昔より大阪町人の自由な下町の匂いがむんむん漂うていた。上町の私たちは下町の子として育って来たのである。

路地の多い――というのはつまり貧乏人の多い町であった。同時に坂の多い町であった。高台の町として当然のことである。「下へ行く」というのは、坂を西に降りて行くということなのである。数多い坂の中で、地蔵坂、源聖寺坂、愛染坂《あいぜん》、口縄坂……と、坂の名を誌すだけでも私の想いはなつかしさにしびれるが、とりわけなつかしいのは口縄坂である。

口縄（くちなわ）とは大阪で蛇のことである。といえば、はや察せられるように、口縄坂はまことに蛇の如くくねくね木々の間を縫うて登る古びた石段の坂である。蛇坂といってしまえば打ちこわしになるところを、くちなわ坂とよんだところに情調もおかし味もうかがわれ、この名のゆえに大阪では一番さきに頭に泛《うか》ぶ坂なのだが、しかし年少の頃の私は口縄坂という名称のもつ趣きには注意が向かず、むしろその坂を登り詰めた高台が夕陽丘とよばれ、その界隈の町が夕陽丘であることの方に、淡い青春の想いが傾いた。夕陽丘とは古くからある名であろう。昔この高台からはるかに西を望めば、浪華《なにわ》の海に夕陽の落ちるのが眺められたのであろう。藤原家隆卿であろうか「ちぎりあれば難波の里にやどり来て波の入日ををがみつるかな」とこの高台で歌った頃には、もう夕陽丘の名は約束されていたかと思われる。しかし、再び年少の頃の私は、そのような故事来歴は与り知らず、ただ口縄坂の中腹に夕陽丘女学校があることに、年少多感の胸をひそかに燃やしていたのである。夕暮わけもなく坂の上に佇んでいた私の顔が、坂を上って来る制服のひとをみて、夕陽を浴びたようにぱっと赧《あか》くなったことも、今はなつかしい想い出である。

その頃、私は高津宮跡にある中学校の生徒であった。しかし、中学校を卒業して京都の高等学校へはいると、もう私の青春はこの町から吉田へ移ってしまった。少年の私を楽ませてくれた駒ヶ池の夜店や榎《えのき》の夜店なども、たまに帰省した高校生の眼には、もはや十年一日の古障子の如きけちな風景でしかなかった。やがて私は高等学校在学中に両親を失い、ひいては無人になった家を畳んでしまうと、もうこの町とは殆んど没交渉になってしまった。天涯孤独の境遇は、転々とした放浪めく生活に馴れやすく、故郷の町は私の頭から去ってしまった。その後私はいくつかの作品でこの町を描いたけれども、しかしそれは著しく架空の匂いを帯びていて、現実の町を描いたとはいえなかった。その町を架空に描きながら現実のその町を訪れてみようという気も、物ぐさの私には起らなかった。

ところが、去年の初春、本籍地の区役所へ出掛けねばならぬ用向きが生じた。区役所へ行くには、その町を通らねばならない。十年振りにその町を訪れる機会が来たわけだと、私は多少の感懐《かんかい》を持った。そして、どの坂を登ってその町へ行こうかと、ふと思案したが、足は自然に口縄坂へ向いた。しかし、夕陽丘女学校はどこへ移転してしまったのか、校門には「青年塾堂」という看板が掛っていた。かつて中学生の私はこの禁断の校門を一度だけくぐったことがある。当時夕陽丘女学校は籠球《ろうきゅう》部を創設したというので、私の中学校に指導選手の派遣を依頼して来た。昔らしい呑気な話である。私の中学校は籠球にかけてはその頃の中等野球界の和歌山中学のような地位を占めていたのである。私はちょうど籠球部へ籍を入れて四日目だったが、指導選手のあとにのこのこ随《つ》いて行って、夕陽丘の校門をくぐったのである。ところが指導を受ける生徒の中に偶然水原という、私は知っているが向うは知らぬ美しい少女がいたので、私はうろたえた。水原は指導選手と称する私が指導を受ける少女たちよりも下手な投球ぶりをするのを見て、何と思ったか、私は知らぬ。それきり私は籠球部をよし、再びその校門をくぐることもなかった。そのことを想いだしながら、私は坂を登った。

登り詰めたところは露地である。露地を突き抜けて、南へ折れると四天王寺、北へ折れると生国魂神社、神社と仏閣を結ぶこの往来にはさすがに伝統の匂いが黴《かび》のように漂うて、仏師の店の「作家」とのみ書いた浮彫の看板も依怙地《いこじ》なまでにここでは似合い、不思議に移り変りの尠《すくな》い町であることが、十年振りの私の眼にもうなずけた。北へ折れてガタロ横丁の方へ行く片影の途上、寺も家も木も昔のままにそこにあり、町の容子《ようす》がすこしも昔と変っていないのを私は喜んだが、しかし家の軒が一斉に低くなっているように思われて、ふと架空の町を歩いているような気もした。しかしこれは、私の背丈がもう昔のままでなくなっているせいであろう。

下駄屋の隣に薬屋があった。薬屋の隣に風呂屋があった。風呂屋の隣に床屋があった。床屋の隣に仏壇屋があった。仏壇屋の隣に桶屋があった。桶屋の隣に標札屋があった。標札屋の隣に……（と見て行って、私はおやと思った）本屋はもうなかったのである。

善書堂という本屋であった。「少年倶楽部」や「蟻の塔」を愛読し、熱心なその投書家であった私は、それらの雑誌の発売日が近づくと、私の応募した笑話が活字になっているかどうかをたしかめるために、日に二度も三度もその本屋へ足を運んだものである。善書堂は古本や貸本も扱っていて、立川文庫もあった。尋常六年生の私が国木田独歩の「正直者」や森田草平の「煤煙」や有島武郎の「カインの末裔」などを読み耽って、危く中学校へ入り損ねたのも、ここの書棚を漁《あさ》ったせいであった。

その善書堂が今はもうなくなっているのである。主人は鼻の大きな人であった。古本を売る時の私は、その鼻の大きさが随分気になったものだと想い出しながら、今は、「矢野名曲堂」という看板の掛っているかつての善書堂の軒先に佇んでいると、隣の標札屋の老人が、三十年一日の如く標札を書いていた手をやめて、じろりとこちらを見た。そのイボの多い顔に見覚えがある。私は挨拶しようと思って近寄って行ったが、その老人は私に気づかず、そして何思ったか眼鏡を外すと、すっと奥へひっこんでしまった。私はすかされた想いをもて余し、ふと矢野名曲堂へはいって見ようと思った。区役所へ出頭する時刻には、まだ少し間があった。

店の中は薄暗かった。白昼の往来の明るさからいきなり変ったその暗さに私はまごついて、覚束ない視線を泳がせたが、壁に掛ったベートベンのデスマスクと船の浮袋だけはどちらも白いだけにすぐそれと判った。古い名曲レコードの売買や交換を専門にやっているらしい店の壁に船の浮袋はおかしいと思ったが、それよりも私はやがて出て来た主人の顔に注意した。はじめははっきり見えなかったが、だんだんに視力が恢復して来ると、おや、どこかで見た顔だと思った。しかし、どこで見たかは思い出せなかった。鼻はそんなに大きくなく、勿論もとの善書堂の主人ではなかった。その代り、唇が分厚く大きくて、その唇を金魚のようにパクパクさせてものをいう癖があるのを見て、徳川夢声に似ているとふと思ったが、しかし、どこかの銭湯の番台で見たことがあるようにも思われた。年は五十を過ぎているらしく、いずれにしても、名曲堂などというハイカラな商売にふさわしい主人には見えなかった。そういえば、だいいち店そのものもその町にふさわしくない。もっとも区役所へ行く途中、故郷の白昼の町でしんねりむっつり音楽を聴くというのも何かチグハグであろう。しかし、私はその主人に向って、いきなり善書堂のことや町のことを話しかける気もべつだん起らなかったので、黙って何枚かのレコードを聴いた。かつて少年倶楽部から笑話の景品に二十四穴《けつ》のハモニカを貰い、それが機縁となって中学校へはいるとラムネ倶楽部というハモニカ研究会に籍を置いて、大いに音楽に傾倒したことなど想い出しながら、聴き終ると、咽喉《のど》が乾いたので私は水を所望し、はい只今と主人がひっこんだ隙に、懐中から財布をとりだしてひそかに中を覗いた。主人はすぐ出て来て、コップを置く前に、素早く台の上を拭いた。

何枚かのレコードを購って出ようとすると、雨であった。狐の嫁入りだから直ぐやむだろうと暫《しば》らく待っていたが、なかなかやみそうになく、本降りになった。主人は私が腕時計を覗いたのを見て、お急ぎでしたら、と傘を貸してくれた。区役所からの帰り、市電に乗ろうとした拍子に、畳んだ傘の矢野という印が眼に止まり、ああ、あの矢野だったかと、私ははじめて想いだした。

京都の学生街の吉田に矢野精養軒という洋食屋があった。かつてそこの主人が、いま私が傘を借りて来た名曲堂の主人と同じ人であることを想いだしたのである。もう十年も前のこと故、どこかで見た顔だと思いながらにわかに想い出せなかったのであろうが、想い出して見ると、いろんな細かいことも記憶に残っていた。以前から私は財布の中にいくらはいっているか知らずに飲食したり買物したりして、勘定が足りずに赤面することがしばしばあったが、矢野精養軒の主人はそんな時気前よく、いつでもようござんすと貸してくれたものである。ポークソテーが店の自慢になっていたが、ほかの料理もみな美味く、ことに野菜は全部酢漬けで、セロリーはいつもただで食べさせてくれ、なお、毎月新譜のレコードを購入して聴かせていた。それが皆学生好みの洋楽の名曲レコードであったのも、今にして想えば奇しき縁ですねと、十日ほど経って傘を返しがてら行った時主人に話すと、ああ、あなたでしたか、道理で見たことのあるお方だと思っていましたが、しかし変られましたなと、主人はお世辞でなく気づいたようで、そして奇しき縁といえば、全くおかしいような話でしてねと、こんな話をした。

主人はもと船乗りで、子供の頃から欧州航路の船に雇われて、鑵《かま》炊《た》きをしたり、食堂の皿洗いをしたり、コックをしたりしたが、四十の歳に陸へ上って、京都の吉田で洋食屋をはじめた。が、コックの腕に自信があり過ぎて、良い材料を使って美味いものを安く学生さんに食べさせるということが商売気を離れた道楽みたいになってしまったから、儲けるということには無頓着で、結局月々損を重ねて行ったあげく、店はつぶれてしまった。すっかり整理したあとに残ったのは、学生さんに聴かせるためにと毎月費用を惜しまず購入して来たままに溜っていた莫大な数の名曲レコードで、これだけは手放すのが惜しいと、大阪へ引越す時に持って来たのが、とどのつまり今の名曲堂をはじめる動機になったのだという。そして、よりによってこんな辺鄙な町で商売をはじめたのは、売れる売れぬよりも、老舗代や家賃がやすかったというただそれだけの理由、人間も家賃の高いやすいを気にするようではもうお了《しま》いですなと、主人はふと自嘲的な口調になって、わたしも洋食屋をやったりレコード店をやったり、随分永いこと少しも世の中の役に立たぬ無駄な苦労をして来ました。四十の歳に陸へ上ったのが間違いだったかも知れません、あんなものを飾って置いてもかえって後悔の種ですよと、壁に掛った船の浮袋を指して、しかしわたしもまだ五十三です、……まだまだと云っているところへ、只今とランドセルを背負った少年がはいって来て、新坊、挨拶せんかと主人が云った時には、もうこそこそと奥へ姿を消してしまっていた。どうも無口な奴でと、しかし主人はうれしそうに云い、こんど中学校を受けるのだが、父親に似ず無口だから口答試問が心配だと、急に声が低くなった。たしかお子さんは二人だったがと云うと、ああ、姉の方ですか、あの頃はあなたまだ新坊ぐらいでしたが、もうとっくに女学校を出て、今北浜の会社へ勤めていますと、主人の声はまた大きくなった。

帰ろうとすると、また雨であった、なんだか雨男になったみたいですなと私は苦笑して、返すために持って行った傘をその儘また借りて帰ったが、その傘を再び返しに行くことはつまりその町を訪れることになるわけで、傘が取り持つ縁だと私はひとり笑った。そして、敢て因縁をいうならば、たまたま名曲堂が私の故郷の町にあったということは、つまり私の第二の青春の町であった京都の吉田が第一の青春の町へ移って来て重なり合ったことになるわけだと、この二重写しで写された遠いかずかずの青春にいま濡れる想いで、雨の口縄坂を降りて行った。

半月余り経ってその傘を返しに行くと、新坊落第しましたよと、主人は顔を見るなり云った。あの中学そんなに競争がはげしかったかな、しかし来年もう一度受けるという手もありますよと慰めると、主人は、いやもう学問は諦めさせて、新聞配達にしましたとことももなげに云って、私を驚かせた。女の子は女学校ぐらい出て置かぬと嫁に行く時肩身の狭いこともあろうと思って、娘は女学校へやったが、しかし男の子は学問がなくても働くことさえ知っておれば、立派に世間へ通るし人の役に立つ、だから不得手な学問は諦めさせて、働くことを覚えさせようと新聞配達にした、子供の頃から身体を責めて働く癖をつけとけば、きっとましな人間になるだろうというのであった。

帰り途、ひっそりと黄昏《たそが》れている口縄坂の石段を降りて来ると、下から登って来た少年がピョコンと頭を下げて、そのままピョンピョンと行ってしまった。新聞をかかえ、新坊であった。その後私は、新坊が新聞を配り終えた疲れた足取りで名曲堂へ帰って来るのを、何度か目撃したが、新坊はいつみても黙って硝子《ガラス》扉を押してはいって来ると、そのまま父親にも口を利かずにこそこそ奥へ姿を消してしまうのだった。レコードを聴いている私に遠慮して声を出さないのであろうか、ひとつにはもともと無口らしかった。眉毛は薄いが、顔立ちはこぢんまりと綺麗にまとまって、半ズボンの下にむきだしにしている足は、女の子のように白かった。新坊が帰って来ると私はいつもレコードを止めて貰って、主人が奥の新坊に風呂へ行って来いとか、菓子の配給があったから食べろとか声を掛ける隙をつくるようにした。奥ではうんと一言返辞があるだけだったが、父子の愛情が通う温さに私はあまくしびれて、それは音楽以上だった。

夏が来ると、簡閲《かんえつ》点呼の予習を兼ねた在郷軍人会の訓練がはじまり、自分の仕事にも追われたので、私は暫く名曲堂へ顔を見せなかった。七月一日は夕陽丘の愛染堂のお祭で、この日は大阪の娘さん達がその年になってはじめて浴衣を着て愛染様に見せに行く日だと、名曲堂の娘さんに聴いていたが、私は行けなかった。七月九日は生国魂の夏祭であった。

訓練は済んでいた。私は、十年振りにお詣りする相棒に新坊を選ぼうと思った。そして祭の夜店で何か買ってやることを、ひそかに楽しみながら、わざと夜をえらんで名曲堂へ行くと、新坊はつい最近名古屋の工場へ徴用されて今はそこの寄宿舎にいるとのことであった、私は名曲堂へ来る途中の薬屋で見つけたメタボリンを新坊に送ってやってくれと渡して、レコードを聞くのは忘れて、ひとり祭見物に行った。

その日行ったきり、再び仕事に追われて名曲堂から遠ざかっているうちに、夏は過ぎた。部屋の中へ迷い込んで来る虫を、夏の虫かと思って団扇で敲《たた》くと、チリチリと哀れな鳴声のまま息絶えて、もう秋の虫である。ある日名曲堂から葉書が来た。お探しのレコードが手にはいったから、お暇の時に寄ってくれと娘さんの字らしかった。ボードレエルの「旅への誘い」をデュパルクの作曲でパンセラが歌っている古いレコードであった。このレコードを私は京都にいた時分持っていたが、その頃私の下宿へ時々なんとなく遊びに来ていた女のひとが誤って割ってしまい、そしてそのひとはそれを苦にしたのかそれきり顔を見せなくなった。肩がずんぐりして、ひどい近眼であったが、二年前その妹さんがどうして私のことを知ったのか、そのひとの死んだことを知らせてくれた時、私は取り返しのつかぬ想いがした。そんなわけでなつかしいレコードである。本来が青春と無縁であり得ない文学の仕事をしながら、その仕事に追われてかえってかつての自分の青春を暫らく忘れていた私は、その名曲堂からの葉書を見て、にわかになつかしく、久し振りに口縄坂を登った。

　ところが名曲堂へ行ってみると、主人は居らず、娘さんがひとり店番をしていて、父は昨夜から名古屋へ行っているので、ちょうど日曜日で会社が休みなのを幸い、こうして留守番をしているのだという。聴けば、新坊が昨夜工場に無断で帰って来たのだ。一昨夜寄宿舎で雨の音を聴いていると、ふと家が恋しくなって、父や姉の傍で寝たいなと思うと、今までになかったことだのに、もうたまらなくなり、ふらふら昼の汽車に乗ってしまったのやいう云い分けを、しかし父親は承知せずに、その晩泊めようとせず、夜行に乗せて名古屋まで送って行ったということだった。一晩も泊めずに帰してしまったかと想えば不憫でしたが、という娘さんの口調の中に、私は二十五の年齢を見た。二十五といえば稍《やや》婚期遅れの方だが、しかし清潔に澄んだ瞳には屈託のない若さがたたえられていて、京都で見た頃まだ女学校へはいったばかしであったこのひとの面影も両の頬に残って失われていず、凜とした口調の中に通《かよ》っている弟への愛情にも、素直な感傷がうかがわれた。しかし愛情はむしろ五十過ぎた父親の方が強かったのではあるまいか。主人は送って行く汽車の中で食べさせるのだと、昔とった庖丁によりをかけて自分で弁当を作ったという。

　この父親の愛情は私の胸を温めたが、それから十日ばかし経って行くと、主人は私の顔を見るなり、新坊は駄目ですよと、思いがけぬわが子への苦情だった。訓されて帰ったものの、やはり家が恋しいと、三日にあげず手紙が来るらしかった。働きに行って家を恋しがるようでどうするか、わたしは子供の時から四十歳まで船に乗っていたが、どこの海の上でもそんな女々しい考えを起したことは一度もなかった。馬鹿者めと、主人は私に食って掛るように云い、この主人の鞭のはげしさは意外であった。帰りの途は暗く、寺の前を通るとき、ふと木犀《もくせい》の香が暗がりに閃いた。

冬が来た。新坊がまたふらふらと帰って来て、叱られて帰って行ったという話を聴いて、再び胸を痛めたきり、私はまた名曲堂から遠ざかっていた。主人や娘さんはどうしているだろうか、新坊は一生懸命働いているだろうかと時にふれ思わぬこともなかったが、そしてまた、始終来ていた客がぶっつり来なくなることは名曲堂の人たちにとっても淋しい気がすることであろうと気にならぬこともなかったが、出不精の上に、私の健康は自分の仕事だけが精一杯の状態であった。欠かせぬ会合にも不義理勝ちで、口縄坂は何か遠すぎた。そして、名曲堂のこともいつか遠い想いとなってしまって、年の暮が来た。

年の暮は何か人恋しくなる。ことしはもはや名曲堂の人たちに会えぬかと思うと、急に顔を見せねば悪いような気がし、またなつかしくもなったので、すこし風邪気だったが、私は口縄坂を登って行った。坂の途中でマスクを外して、一息つき、そして名曲堂の前まで来ると、表戸が閉っていて「時局に鑑み廃業 仕 候《つかまつりそうろう》」と貼紙がある。中にいるのだろうと、戸を敲いたが、返事はない。錠が表から降りている。どこかへ宿替えしたんですかと、驚いて隣の標札屋の老人にきくと、名古屋へ行ったという。名古屋といえば新坊の……と重ねてきくと、さいなと老人はうなずき、新坊が家を恋しがって、いくら云いきかせても帰りたがるので、主人は散々思案したあげく、いっそ一家をあげて新坊のいる名古屋へ行き、寝起きを共にして一緒に働けば新坊ももう家を恋しがることもないわけだ。それよりほかに新坊の帰りたがる気持をとめる方法はないし、まごまごしていると、自分にも徴用が来るかも知れないと考え、二十日ほど前に店を畳んで娘さんと一緒に発ってしまった。娘さんも会社をやめて一緒に働くらしい。なんといっても子や弟いうもんは可愛いもんやさかいなと、もう七十を越したかと思われる標札屋の老人はぼそぼそと語って、眼鏡を外し、眼やにを拭いた。私がもとこの町の少年であったということには気づかぬらしく、私ももうそれには触れたくなかった。

口縄坂は寒々と木が枯れて、白い風が走っていた。私は石段を降りて行きながら、もうこの坂を登り降りすることも当分はあるまいと思った。青春の回想の甘さは終り、新しい現実が私に向き直って来たように思われた。風は木の梢にはげしく突っ掛っていた。

解説

荒川洋治

本書『昭和の名短篇 戦前篇』には、戦前・戦中にあたる、昭和元年（一九二六年）十二月から昭和二〇年（一九四五年）八月の期間に書かれた十三編を収めた。既刊『昭和の名短篇』（昭和・戦後）と合わせると、昭和期全体がひとまず見渡せる形になる。作品は発表順に配列した。解説では誌名のあとに発表時の作者の年齢を記した。また、作者・作品名、誌名などの一部の表記を新字、新仮名に改める。

大正末期、一九二五年（大正一四年）前後に、個性的な同人雑誌が次々に誕生した。高見順『昭和文学盛衰史』（文藝春秋新社・一九五八年、のち角川文庫、文春文庫）の第四章「源流行」に精細な記録がある。壮観である。その一部を挙げると——。「山繭」（永井龍男、小林秀雄、富永太郎ら）、「鷲の巣」（井伏鱒二、坪田譲治、富沢有為男ら）、「主潮」（尾崎一雄、小宮山明敏ら）、「街」（玉井雅夫＝のちの火野葦平、田畑修一郎、中山省三郎、丹羽文雄ら）、「辻馬車」（藤沢桓夫、長沖一、神崎清ら）、「朱門」（阿部知二、舟橋聖一、北川冬彦ら)、「青空」(梶井基次郎、淀野隆三、飯島正、三好達治ら)、「驢馬」(中野重治、堀辰雄ら)、「潮流」(黒島伝治、川崎長太郎、壺井繁治ら)、「葡萄園」(小田嶽夫、久野豊彦、蔵原伸二郎ら)……。同人雑誌全盛の時代である。平野謙は『昭和文学史』(筑摩叢書・一九六三年)で、前記「源流行」のリストをもとに「同人雑誌の動向はそのまま当時の新文学全体の縮図にほかならない」と記し、「昭和文学全体の出発点」をそこに見る。

当時の同人雑誌は、詩を書く人と小説を書く人や、思想の異なる人が同居するなど未分化の状態。作品も多様で、野趣に富むものもあった。その後、「日本浪曼派」(保田與重郎、檀一雄、太宰治、木山捷平ら)、「人民文庫」(武田麟太郎、高見順、円地文子、田宮虎彦、井上友一郎ら)など有力誌が登場すると小説主体の色合いが強まる。同人雑誌は容量に限りがあるので、短編・中編が主役。一九三五年に創設された芥川賞の戦前・戦中の候補作は、同人雑誌の作品から選ばれることが多い。有望な書き手の多くは、新人作家の登龍門である総合雑誌「中央公論」「改造」の文芸欄に登場し、文名を高めた。

満州事変から日中戦争、さらに太平洋戦争へと戦況は拡大。同人雑誌も「冬の時代」を迎える。盛時には主要なものだけで約八十誌あった同人誌は、一九四一年、紙不足と文芸統制のため八誌に統合させられ、一九四四年には「日本文學者」一誌のみとなった。このような激動の時代に、以下の十三編が制作されたことになる。

芥川龍之介「玄鶴山房」（一九二七年一月—二月・「中央公論」／三十四歳）は、死の半年前、残る力をふりしぼって書かれた、最晩年の一編。死の床にある画家・堀越玄鶴と、歪みのある家族。彼らを冷やかに見つめる看護の女性の半生も照らすなど、視点を重ねて描く。それぞれに人生の意味があり、それを各自たしかめながら生きているのだというふうに読むと、均整のとれた一家のようにも思えてくる。それがかつての時代の家族のありかただったのかもしれない。昭和時代、最初の名作。

黒島伝治「橇」（一九二七年九月・「文藝戦線」／二十八歳）は、シベリア出兵の従軍体験を描く。日本の兵士は、ロシア人父子の死体を見て思う。戦争をやらせるものたちがいる。「でも戦争をやっとる人は俺等だ。俺等がやめりゃ、やまるんだ」。「橇」「渦巻ける烏の群」など一連の作品は、日本の反戦文学を深化させた。肺患が悪化し、内地へ帰還。郷里・小豆島で孤独な療養生活を送り、太平洋戦争下の日本を見つめた。農民文学から身を起こした篤実な文業は『黒島傳治全集』全三巻（筑摩書房・一九七〇年）に収められた。

梶井基次郎「闇の絵巻」（一九三〇年九月・「詩・現實」／二十九歳）は、密度の高い小品。「闇を愛することを覚えた」主人公は、闇の世界を実況するように書いていく。ある夜、提灯ももたずに闇の世界に入っていく、どこかの男。「自分も暫らくすればあの男のように闇のなかへ消えてゆくのだ」。暗さが極点に達したとき、酒盛をする男たちの高笑いが聞こえるなど、幻想と実景がもつれあう。「闇の絵巻」は、いまも強い光を放つ。

林芙美子「風琴と魚の町」（一九三一年四月・「改造」／二十七歳）は、「父は風琴を鳴らすことが上手であった」という一行から始まる。薬の行商をしながら、各地を放浪する一家の苦労つづきの日々。楽しい世界へのあこがれ、消えていく夢。哀感にみちた旅の情景が、少女の目を通してひろがっていく。長編『放浪記』初刊の翌年に発表され、幅広い層に親しまれた。作者の「原風景」をつづる初期の代表作。

徳田秋声「和解」（一九三三年六月・「新潮」／六十一歳）は、後期の作品。作者の経営する小さなアパートに、泉鏡花の弟が、転がりこんでくる。彼は、自分が思うほどの才能をもっていない。彼の死をみとるところまでを描く。同じ尾崎紅葉門下でも、そりのあわなかった泉鏡花と徳田秋声。二人はそれを機に再会する。だがそこにはまだ人知れぬ思いがくすぶっていた。心の襞をとらえる着実な筆運び。明治と昭和が隣接する名編。

木山捷平「一昔」（一九三四年五月・「作品」／三十歳）は、十九歳で小学教師だったときの回想。何かと困らせるが、かわいいところもある「ボクちゃん」。その子の姉の姿を、目にする場面で小説は閉じる。ささやかなものだけにあるもの、形にならない心の姿をとらえる。こちらはなにもしなくていい。ただ書かれたままに読んでいけばいい。それだけで大切なものを手渡してくれる。それが木山捷平の作品である。

室生犀星「あにいもうと」（一九三四年七月・「文藝春秋」／四十四歳）は、家族の物語。きびしい川仕事にいそしむ父、仏のようなやさしい心をもつ母と、三人の子どもたちの生活は波乱にみちていた。なまけものの兄・伊之、気性の荒い妹・もん。だが兄妹は家族という世界で結びつく。登場機会の少ない下の妹・さんのようすも心に残る。野性的な筆勢で庶民の活力を描く。真正の愛を求めつづけた小説家・室生犀星の最高作。

伊藤整「馬喰の果て」（一九三五年十月・「新潮」／三十歳）は、北海道の漁村が舞台。馬喰崩れの男・準平と、雑貨店の女房・お園の人生が交差し、暗い火花を放つ。「彼女には人に言えない運命への信頼があった」。だが数々の障壁をのりこえてきたお園にも、理解を超えるできごとが待っていた。作者が目標とした前衛文学とは真逆の写実的手法で、心理と肉体の内奥を余すところなく捉えた、初期の名作。初出の表記は「馬喰の果」。

太宰治「満願」（一九三八年九月・「文筆」／二十九歳）は、四百字の原稿用紙で四枚ほどのものだが、完成度の高い掌編。「まち医者は三十二歳の、大きくふとり、西郷隆盛に似ていた」。「簡単服に下駄をはき、清潔な感じ」の若い女性。そして「私」。三人を含めた登場人物は一つのラインで結ばれていく。それぞれの人生のほんの一部分が触れ合うだけなのに、生きることの楽しさ、美しさが押し寄せる。散文の神髄を示す一編。

新美南吉「久助《きゅうすけ》君の話」（一九三九年十月・「哈爾賓日日新聞」／二十六歳）は、児童文学

の名編。いつもはあまり親しくない友だち・久助くんと、いっしょに遊ぶことに。そのうち、それなりに興にのる。でもふと見てみると、久助くんは、誰なのかと思う。とても遠い人のように思えてくるのだった。新美南吉は、さわやかな深みのある文章で、大切にしたい心の世界を描き、後代に伝えた。月夜に七人の子どもが歩く「狐」、「手袋を買いに」「花のき村と盗人《ぬすびと》たち」なども、読む人には忘れられないものになる。

金史良《キムサリヤン》「**コブタンネ**」（一九四〇年十二月・『光の中に』）は、朝鮮・平壌生まれ、日本の文壇で活躍した作家の一編。一九五〇年、朝鮮戦争に従軍、韓国・原州《ウォンジュ》付近で心臓病悪化のため隊列を離れ、消息を絶つ。「コブタンネ」は幼いころにいっしょに遊んだ少女と久しぶりに「再会」し、二人の上に流れた時間を思う話。軽やかで快活な文章が、時の壁を通りぬけていく。『金史良全集』Ⅰ（河出書房新社・一九七三年）に収録。初出未詳。

中島敦「**名人伝**」（一九四二年十二月・「文庫」／三十三歳）は、豊かな漢語を自在に用いて独自の芸術観を示す名編。「古今無双」の弓の名人は、修行を積み、ついに、弓なしでも射ることができるという大変なところに行き着いたのだが、晩年、弓を見て、つぶやく。「それは何と呼ぶ品物で、又何に用いるのかと」。道をきわめる果ての、さらにその果ての境地である。段階ごと、場面ごとに緩急が切り替わる。

織田作之助「**木の都**」（一九四四年三月・「新潮」／三十歳）は、商都・大阪が舞台。大阪

は「木」のある都でもある。回想をまじえ、戦時中の都市の一隅を照らしていく。とりわけ、ある一家の明るく、すこやかな日々の動きはいつまでも目に残る。未来が閉ざされる時代にも、淡々と生きる市民の素顔を語り伝えた、晩年の名品。

『日本文学全集72織田作之助／井上友一郎集』（集英社・一九六九年）では、井上友一郎（一九〇九―一九九七）の戦後文学屈指の名編「受胎」（一九四七年四月・「文藝」）や戦前の出世作「残夢」（一九三九年七月・「文學者」）を読むことができる。

「残夢」は中編なので、このアンソロジーには収録できないが、昭和文学を概観する上で意味のある作品だ。日中戦争の勃発は「一つの時代の終りをも意味した」とする主人公は、ある日、つぶやく。「総じて自分の今までの文学の勉強のしかたが、絶えず時代とか社会とかいう風なことを一方においてでなければ、何事も考えられないようなところがある」。だが「何事も時代とか社会とかに関聯させて考えるというやり方が、いっこうその必要のない家常茶飯の事柄にさえ、ばか正直に、よけいなものさしを当てさせる結果になり、わかりきった物事さえも、よけい混乱させたり必要以上に深刻に見せたりしてしまうのではあるまいか」。戦争の「時代」と「社会」の重圧が、個人生活を「混乱」させ、これまでとは別のものにした。それは人々を、明治・大正期の人たちが想像もしなかった場所へ向かわせることになった。「残夢」の一節は、昭和・戦前の作家の内部を明らかにする。

分量の関係で、今回収録できなかった重要な短編を、以下に挙げておきたい。

松永延造「ラ氏の笛」（一九二七年一月・「文藝公論」）／須井一「綿」（一九三一年八月―九月・「ナップ」）／嘉村礒多「途上」（一九三二年二月・「中央公論」）／新田潤「煙管」（一九三三年九月・「日暦」）／田畑修一郎「南方」（一九三五年六月・「早稲田文學」）／北條民雄「いのちの初夜」（一九三六年二月・「文學界」）／橋本英吉「欅の芽立」（一九三六年五月・「文學界」）／保田與重郎「日本の橋」（随想・一九三六年十月・「文學界」）／中山義秀「厚物咲」（一九三八年四月・「文學界」）／岡本かの子「鮨」（一九三九年一月・「文藝」）／長見義三「練習車」（一九三九年四月・「文藝汎論」）／梅崎春生「風宴」（一九三九年八月・「早稲田文學」）／井伏鱒二「へんろう宿」（一九四〇年四月・「オール讀物」）／加能作次郎「乳の匂ひ」（一九四〇年八月・「中央公論」）／井上友一郎「竹夫人」（一九四三年一月・「日本評論」）／島木健作「赤蛙」（一九四六年一月・「人間」）＝没後の発表

昭和・戦前の文学は、新しい諸問題を抱えるために、明治・大正期の文学よりも複雑な要素を身につけた。文学活動が制限され、停止した状況にあっても、みずからの限界点を見つめながら、文学を愛する人たちの期待に応えようとした。そこから忘れがたい多くの名編が生まれた。

現代の人たちが、思考において感性において、昭和・戦前期を過ごした人たちよりすぐれているとは思えない。その時代の人にできなかったことは、いまもできないのだと考えたい。戦争に対する姿勢でも。重要な判断を迫られる場面でも。当時の作家が通った道を注意深くたどりなおすこと。読書の意義はそこに開く。ぼくは文章を通して現実を知る、世界を感じとるという気持ちから、文学作品に接してきた。たとえその作品が社会の一角を切りとるだけの、十分ではないと思えるものであっても、また、個人の身辺につながるだけのものであったとしても、文学作品を読むことで得られるものはとても多い。一人の人間が文章を通して投げかけるものを見つめたい。それこそが確かなものであると信じたい。その気持ちがあるかぎり、往時の作品が消え失せることはない。

刊行に際して、『昭和の名短篇』につづき、中央公論新社文庫編集部の太田和徳さんと、橋爪史芳さんのお世話になった。あらためて感謝したい。

編集部の提案もあり、この機会に、戦前・戦後を含めた昭和時代の長編小説から、十二編を選んでみることにした。いうまでもなく、ぼく個人の見方によるものである。初出誌が複数のものと書き下ろしの場合は、書名を挙げた。

島崎藤村「夜明け前」（一九二九年四月―一九三五年十月・「中央公論」）／尾崎翠『第七官界彷徨』（一九三三年七月刊）／阿部知二「冬の宿」（一九三六年一月―十月・「文學界」）／太宰治『津軽』（一九四四年十一月刊）／舟橋聖一『悉皆屋康吉』（一九四五年五月刊）／横光

利一『夜の靴』（一九四七年十一月刊）／三島由紀夫「金閣寺」（一九五六年一月—十月・「新潮」）／川端康成「眠れる美女」（中編・一九六〇年一月—六月、一九六一年一月—十一月・「新潮」）／高見順「いやな感じ」（一九六〇年一月—一九六三年五月・「文學界」）／谷崎潤一郎「瘋癲老人日記」（一九六一年十一月—一九六二年五月・「中央公論」）／梅崎春生「幻化」（一九六五年六月、八月・「新潮」）／中村真一郎「雲のゆき来」（一九六五年七月、九月—十一月・「展望」）／佐多稲子「時に佇つ」（連作短編・一九七五年一月—十二月・「文藝」）

二〇二五年は「昭和一〇〇年」にあたる。この節目の年に、本書が刊行されることになった。昭和生まれの一人として感慨深い。これからも昭和の作品を読んでいきたい。

（あらかわ・ようじ　現代詩作家）

編集付記

一、本書は、一九二六年十二月から一九四五年八月の間に発表された日本の短篇小説のなかから、編者が十三篇選び、発表年代順に収録したものである。
一、編集にあたり、著者の作品集を底本とした。ルビについては適宜加除した。初出、初収録、底本については各篇の扉裏に明記した。
一、本文中、今日の人権意識に照らして不適切な語句や表現が見られるが、著者が故人であること、発表当時の時代背景と作品の文化的価値に考慮し、底本のままとした。

本書は中公文庫オリジナルです。

中公文庫

昭和《しょうわ》の名短篇《めいたんぺん》
——戦前篇《せんぜんへん》

2025年4月25日　初版発行

編　者　荒川《あらかわ》洋治《ようじ》

発行者　安部順一

発行所　中央公論新社
〒100-8152　東京都千代田区大手町1-7-1
電話　販売 03-5299-1730　編集 03-5299-1890
URL https://www.chuko.co.jp/

ＤＴＰ　嵐下英治
印　刷　三晃印刷
製　本　フォーネット社

Published by CHUOKORON-SHINSHA, INC.
Printed in Japan　ISBN978-4-12-207639-6 C1193

中公文庫既刊より

あ-96-1
昭和の名短篇
荒川洋治 編
現代詩作家・荒川洋治が昭和・戦後期の名篇を厳選。志賀直哉、高見順から色川武大まで全十四篇を収録した戦後文学アンソロジーの決定版。文庫オリジナル。
207133-9

あ-96-2
文庫の読書
荒川 洋治
文庫愛好歴六〇年の現代詩作家が、読んで書いた文庫をめぐるエッセイを自ら厳選。文庫オリジナル編集で贈る、文庫愛読者のための文庫案内全一〇〇冊。
207348-7

あ-96-3
文学の空気のあるところ
荒川 洋治
豊かな陰影をもつ作家と作品、印刷や造本のこと、詩歌との出会い。現代詩作家が柔らかなことばで古今東西の文学の魅力を語り、新たな読書へ誘う九つの話。
207555-9

あ-20-4
新編 散文の基本
阿 部 昭
『短編小説礼讃』の著者による小説作法の書。「私の文章作法」「短篇小説論」に日本語論、自作解説等を増補した新編集版。巻末に荒川洋治との対談を収録。
207253-4

あ-20-3
天使が見たもの 少年小景集
阿 部 昭
短篇の名手による〈少年〉を主題としたオリジナル・アンソロジー。表題作ほか教科書の定番「あこがれ」「自転車」など全十四編。〈巻末エッセイ〉沢木耕太郎
206721-9

ふ-2-5
みちのくの人形たち
深沢 七郎
お産が近づくと屏風を借りにくる村人たち、両腕のない仏さまと人形――奇習と宿業の中に生の暗闇を描いた表題作をはじめ七篇を収録。〈解説〉荒川洋治
205644-2

ふ-2-6
庶民烈伝
深沢 七郎
周囲を気遣って本音は言わずにいる老婆(「おくま嘘歌」)、美しくも滑稽な四姉妹(「お燈明の姉妹」)ほか、烈しくも哀愁漂う庶民を描いた連作短篇集。〈解説〉蜂飼 耳
205745-6

各書目の下段の数字はISBNコードです。978-4-12が省略してあります。

ふ-2-7
檜山節考／東北の神武たち 深沢七郎初期短篇集
深沢七郎
「檜山節考」をはじめとする初期短篇のほか、伊藤整・武田泰淳・三島由紀夫による選評などを収録。文壇に衝撃をもって迎えられた当時の様子を再現する。〈解説〉小山田浩子
206010-4

ふ-2-8
言わなければよかったのに日記
深沢七郎
小説「檜山節考」でデビューした著者が、武田泰淳、正宗白鳥ら畏敬する作家との交流を綴る文壇日記。巻末に武田百合子との対談を付す。〈解説〉尾辻克彦
206443-0

ふ-2-9
書かなければよかったのに日記
深沢七郎
ロングセラー『言わなければよかったのに日記』の姉妹編（『流浪の手記』改題）。飄々とした独特の味わいとユーモアがにじむエッセイ集。〈解説〉戌井昭人
206674-8

よ-13-13
少女架刑 吉村昭自選初期短篇集Ⅰ
吉村昭
歴史小説で知られる著者の文学的原点を示す初期作品集（全二巻）。「鉄橋」「星と葬礼」等一九五二年から六〇年までの七編とエッセイ「遠い道程」を収録。
206654-0

よ-13-14
透明標本 吉村昭自選初期短篇集Ⅱ
吉村昭
死の影が色濃い初期作品から芥川賞候補となった表題作、太宰治賞受賞作「星への旅」ほか一九六一年から六六年の七編を収める。〈解説〉荒川洋治
206655-7

よ-13-15
冬の道 吉村昭自選中期短篇集
吉村昭
池上冬樹編
透徹した視線、研ぎ澄まされた文体。『戦艦武蔵』以降、昭和後期までの「中期」に書かれた作品群から、吉村文学の結晶たる十篇を収録。〈編者解説〉池上冬樹
207052-3

よ-13-16
花火 吉村昭後期短篇集
吉村昭
池上冬樹編
生と死を見つめ続けた静謐な目は、その晩年に何をとらえたか。昭和後期から平成十八年までに著された、遺作「死顔」を含む十六篇。〈編者解説〉池上冬樹
207072-1

よ-17-18
吉行淳之介掌篇全集
吉行淳之介
短篇の名手による、研ぎ澄まされた掌篇五十篇。一九六一年の「肥った客」から八三年の「夢の車輪」まで年代順に初集成。文庫オリジナル。〈解説〉荒川洋治
207487-3

各書目の下段の数字はＩＳＢＮコードです。978－4－12が省略してあります。

よ-17-14
吉行淳之介娼婦小説集成
吉行淳之介
赤線地帯の疲労が心と身体に降り積もり、街から抜け出せなくなる繊細な神経の女たち。「赤線の娼婦」を描いた全十篇に自作に関するエッセイを加えた決定版。
205969-6

よ-17-16
子供の領分
吉行淳之介
教科書で読み継がれた名篇「童謡」など、早熟でどこか醒めた少年の世界を描く十篇。随筆「子供の時間」他一篇を付す。〈巻末エッセイ〉安岡章太郎・吉行和子
207132-2

み-5-2
盆土産と十七の短篇
三浦　哲郎
「盆土産」「とんかつ」など、国語教科書で長年読み継がれた名篇を中心に精選したオリジナル・アンソロジー。自作解説を付す。〈巻末エッセイ〉阿部　昭
206901-5

い-42-3
いずれ我が身も
色川　武大
歳にふさわしい格好をしてみるかと思っても、長年にわたって磨き込んだみっともなさは変えられない――永遠の〈不良少年〉が博打を友を語るエッセイ集。
204342-8

い-42-4
私の旧約聖書
色川　武大
中学時代に偶然読んだ旧約聖書で人間の叡智への怖れを知った……。人生のはずれ者を自認する著者が、旧約と関わり続けた生涯を綴る。〈解説〉吉本隆明
206365-5

た-24-6
ミミのこと　他二篇
田中小実昌
戦後の混乱期を生きる人々を独自の視点で描いた直木賞受賞作「ミミのこと」「浪曲師朝日丸の話」同候補作「自動巻時計の一日」を一冊に。〈解説〉滝口悠生
207621-1

た-24-3
ほのぼの路線バスの旅
田中小実昌
バスが大好き――。路線バスで東京を出発して東海道を西へ、山陽道をぬけて鹿児島まで。コミさんのノスタルジック・ジャーニー。〈巻末エッセイ〉戌井昭人
206870-4

た-24-4
ほろよい味の旅
田中小実昌
好きなもの――お粥、酎ハイ、バスの旅。「味な話」「酔虎伝」「ほろよい旅日記」からなる、どこまでも自由で楽しい食・酒・旅エッセイ。〈解説〉角田光代
207030-1

た-24-5
ふらふら日記
田中小実昌

自身のルーツである教会を探すも中々たどり着けなくて——。目の前に来た列車に飛び乗り、海外でもバスでふらふら。気ままな旅はつづく。〈解説〉末井 昭

207190-2

た-16-7
神馬《じんめ》／湖 竹西寛子精選作品集
竹西寛子

表題作ほか、「兵隊宿」（川端賞）「蘭」「鶴」など自選短篇小説全十三篇に、高校の国語教科書で親しまれた随想八篇を併せた決定版作品集。〈解説〉堀江敏幸

207246-6

な-6-3
歌のわかれ・五勺の酒
中野重治

旧制四高生の青春を描く「歌のわかれ」、天皇感情を問うた「五勺の酒」に「村の家」などを収めた代表作選集。〈巻末エッセイ〉石井桃子・安岡章太郎ほか

207157-5

は-28-2
二魂一体の友
萩原朔太郎
室生犀星

北原白秋主宰の雑誌投稿で出会い、生涯の親友にして好敵手となった二人。交流を描いたエッセイ、互いの詩集に寄せた序文等を集成する。文庫オリジナル。

207099-8

う-37-1
怠惰の美徳
梅崎春生
荻原魚雷編

戦後派を代表する作家が、怠け者のまま如何に生きてきたかを綴った随筆と短篇小説を収録。真面目で変でおもしろい、ユーモア溢れる文庫オリジナル作品集。

206540-6

う-37-2
ボロ家の春秋
梅崎春生

直木賞受賞の表題作と「黒い花」をはじめ候補作全四篇に、小説をめぐる随筆を併録した文庫オリジナル作品集。〈巻末エッセイ〉野呂邦暢〈解説〉荻原魚雷

207075-2

の-2-3
海軍日記 最下級兵の記録
野口冨士男

どこまでも誠実に精緻に綴られた、横須賀海兵団で過ごした一九四四年九月から終戦までの日々。戦争に行くはずのなかった「弱兵」の記録。〈解説〉平山周吉

207080-6

の-2-4
野口冨士男犯罪小説集 風のない日々／少女
野口冨士男

二・二六事件前夜、平凡な銀行員が小さな行き違いの果てに一線を踏み越えるまで。日常のリアルな描写の積み重ねがサスペンスを生む傑作。〈解説〉川本三郎

207128-5

各書目の下段の数字はISBNコードです。978－4－12が省略してあります。

い-38-3
珍品堂主人　増補新版
井伏鱒二
風変わりな品物を掘り出す骨董屋・珍品堂を中心に善意と奸計が織りなす人間模様を鮮やかに描く。関連エッセイを増補した決定版。〈巻末エッセイ〉白洲正子
206524-6

い-38-4
太宰治
井伏鱒二
師として友として太宰治と親しくつきあった井伏鱒二。二十年ちかくにわたる交遊の思い出や作品解説など太宰に関する文章を精選集成。〈あとがき〉小沼　丹
206607-6

い-38-6
広島風土記
井伏鱒二
広島生まれの著者による郷里とその周辺にまつわる回想や紀行文十七編、小説「因ノ島」「かきつばた」、半生記などを収める。文庫オリジナル。〈解説〉小山田浩子
207375-3

は-54-4
愉快なる地図　台湾・樺太・パリへ
林　芙美子
旅だけがたましいのいこいの場所――台湾、満洲、欧州など、肩の張らない三等列車一人旅を最上とする著者の若き日の旅。文庫オリジナル。〈解説〉川本三郎
207200-8

は-54-5
掌の読書会　柚木麻子と読む　林芙美子
林　芙美子
柚木麻子編
「おフミさん」のふてぶてしさに何度も元気づけられた――作家・柚木麻子が、数多く残された短篇・エッセイから一二篇を選び、魅力を語る。〈解説〉今川英子
207367-8

は-54-6
トランク　林芙美子大陸小説集
林　芙美子
旅好きで知られる林芙美子が欧州、ロシア、満洲を描いた小説を集成。絶筆「漣波」を含む七篇と、川端康成が「漣波」単行本刊行時に寄せたあとがきを収録。
207406-4

た-7-2
敗戦日記
高見　順
〝最後の文士〟として昭和という時代を見つめ続けた著者の戦時中の記録。日記文学の最高峰であり昭和史の一級資料。昭和二十年の元日から大晦日までを収録。
204560-6

た-30-62
瘋癲《ふうてん》老人日記
谷崎潤一郎
性に執着する老人を戯画的に描き出した晩年の傑作長篇。絶筆随筆「七十九歳の春」他、棟方志功による美麗な板画を収載。〈解説〉吉行淳之介／千葉俊二〈註解〉細川光洋
207298-5

た-30-13
細雪（全）
谷崎潤一郎
大阪船場の旧家蒔岡家の美しい四姉妹を優雅な風俗・行事とともに描く。女性への永遠の願いを〝雪子〟に託す谷崎文学の代表作。〈解説〉田辺聖子
200991-2

た-30-27
陰翳礼讃
谷崎潤一郎
日本の伝統美の本質を、かげや隈の内に見出す「陰翳礼讃」「厠のいろいろ」を始め、「恋愛及び色情」「客ぎらい」など随想六篇を収む。〈解説〉吉行淳之介
202413-7

た-30-28
文章読本
谷崎潤一郎
正しく文学作品を鑑賞し、美しい文章を書こうと願うすべての人の必読書。文章入門としてだけでなく文豪の豊かな経験談でもある。〈解説〉吉行淳之介
202535-6

み-9-15
文章読本 新装版
三島由紀夫
あらゆる様式の文章・技巧の面白さ美しさを、該博な知識と豊富な実例と実作の経験から詳細に解明した万人必読の書。人名・作品名索引付。〈解説〉野口武彦
206860-5

み-9-11
小説読本
三島由紀夫
作家を志す人々のために「小説とは何か」を解き明かし、自ら実践する小説作法を披瀝する、三島由紀夫による小説指南の書。〈解説〉平野啓一郎
206302-0

み-9-12
古典文学読本
三島由紀夫
「日本文学小史」をはじめ、独自の美意識によって古今集や能、葉隠まで古典の魅力を綴った秀抜なエッセイを初集成。文庫オリジナル。〈解説〉富岡幸一郎
206323-5

み-9-9
作家論 新装版
三島由紀夫
森鷗外、谷崎潤一郎、川端康成ら作家15人の詩精神と美意識を解明。『太陽と鉄』と共に「批評の仕事の二本の柱」と自認する書。〈解説〉関川夏央
206259-7

ち-8-1
教科書名短篇 人間の情景
中央公論新社 編
司馬遼太郎、山本周五郎から遠藤周作、吉村昭まで。人間の生き様を描いた歴史・時代小説を中心に中学教科書から厳選。感涙の12篇。文庫オリジナル。
206246-7

各書目の下段の数字はISBNコードです。978－4－12が省略してあります。

ち-8-10
教科書名短篇　科学随筆集
中央公論新社　編
寺田寅彦、中谷宇吉郎、湯川秀樹をはじめ、岡潔、矢野健太郎、福井謙一、日髙敏隆七名の名随筆を精選。国語教科書の名文で知る科学の基本。文庫オリジナル。
207112-4

ち-8-2
教科書名短篇　少年時代
中央公論新社　編
ヘッセ、永井龍男から山川方夫、三浦哲郎まで。少年期の苦く切ない記憶、淡い恋情を描いた佳篇を中学教科書から精選。珠玉の12篇。文庫オリジナル。
206247-4

ち-8-9
教科書名短篇　家族の時間
中央公論新社　編
幸田文、向田邦子から庄野潤三、井上ひさしまで。かけがえのない人と時を描いた感動の16篇。中学教科書から精選する好評シリーズ第三弾。文庫オリジナル。
207060-8

ち-8-16
対談　日本の文学　素顔の文豪たち
中央公論新社　編
森鷗外、夏目漱石、芥川龍之介、谷崎潤一郎、太宰治……文豪の家族や弟子が間近に見たその生身の姿を語る。全集『日本の文学』の月報対談を再編集。全三巻。
207359-3

ち-8-17
対談　日本の文学　わが文学の道程
中央公論新社　編
川端康成、小林秀雄、宇野千代、井伏鱒二、武田泰淳、三島由紀夫、有吉佐和子、開高健……作家が自らの作品、当時の文壇事情や交友を闊達自在に語り合う。
207365-4

ち-8-18
対談　日本の文学　作家の肖像
中央公論新社　編
泉鏡花、国木田独歩、島崎藤村、林芙美子、柳田国男、菊池寛、稲垣足穂、横光利一……全集編集委員や同時代評論家による作家論。〈解説〉大岡昇平／関川夏央
207379-1

た-43-2
詩人の旅　増補新版
田村　隆一
荒地の詩人はウイスキーを道連れに各地に旅立った。北海道から沖縄まで十二の紀行と「ぼくのひとり旅論」を収める〈ニホン酔夢行〉。〈解説〉長谷川郁夫
206790-5

い-139-2
詩の中の風景　くらしの中によみがえる
石垣　りん
詩は自分にとって実用のことばという著者が、五三人の詩を選びエッセイを添える。読者ひとりひとりに手渡される詩の世界への招待状。〈解説〉渡邊十絲子
207479-8